Wolf Eismann

Mozarts Gans

Roman

Die Deutsche Nationalbibliothek verzeichnet diese
Publikation in der Deutschen Nationalbibliografie;
detaillierte bibliografische Daten sind im Internet über
http://dnb.dnb.de abrufbar.

© 2022 Wolf Eismann

Umschlaggestaltung: Wolf Eismann,
unter Verwendung eines Stichs von Eduard Mandel (1858)
nach der Silberstiftzeichnung von Doris Stock (1789)

Herstellung und Verlag: BoD – Books on Demand,
Norderstedt

ISBN: 978-3-7557-7302-3

In dem Roman werden Dinge geschildert, die passiert sind. Sie sind aber nicht genau so passiert, wie sie geschildert werden. Ich habe Namen, Handlungen und Ereignisse so verändert, auseinandergenommen und neu zusammengesetzt, dass Ähnlichkeiten der auftretenden Figuren mit realen Personen immer nur partiell sind.

„Unter allen Opern die wehrender Zeit, bis meine fertig seyn wird aufgeführt werden können, wird kein einziger Gedanke einem von den meinen ähnlich seyn, dafür stehe ich gut!"

Mozart über *L'Oca del Cairo*

1

„Er *liebt* die Frauen ...?" Florian starrt mich fassungslos an.

„Natürlich liebt er die Frauen!", sage ich.

„Er *benutzt* sie, und wenn er seinen Spaß hatte, dann
legt er sie beiseite wie ... – wie ein gebrauchtes Taschen-
tuch."

Ich stehe mit meinem besten Freund am Tresen der
Bar du Nord, und wir streiten über die dreistündige
Oper, die wir gerade gesehen haben. Eine neue Inszenierung des *Don Giovanni* von Mozart stand auf dem Programm, und wir sind uns nicht einig: Ist Don Giovanni
nun ein übler Verführer, den am Ende die gerechte
Strafe ereilt? Oder ist er ein freiheitsliebender Mensch,
der die moralischen Vorstellungen seiner Zeit lustvoll
über den Haufen wirft?

„Glaubst du, die Frauen interessieren sich ernsthaft
für einen Mann wie Don Ottavio?", frage ich Florian.

„Jemand, der singt *Nur ihrem Frieden weih ich mein Leben*?
- Der Typ ist ein Langweiler!"

„Und Don Giovanni ist ein selbstverliebter ... - Heute würde man sagen *Womanizer*. Ein Casanova!"

„Don Giovanni ist *nicht* Casanova!", mischt sich plötzlich jemand ein, der neben uns an der Bar steht und den wir erst jetzt wahrnehmen. Als wir uns zu ihm umdrehen, blicken wir in das Gesicht eines jungen Mannes, der - wie wir - ungefähr dreißig Jahre alt sein mag. Er hat schwarze, strubbelige Haare, einen Drei-Tage-Bart und hinter den Brillengläsern kleine, hellwach blitzende Augen.

„Sorry, ich wollte euch nicht belauschen, aber ihr habt so laut diskutiert, dass ich zwangsläufig mithören musste. - Ich bin übrigens Konstantin."

Wir stellen uns ebenfalls vor, und Konstantin reicht uns freundlich die Hand.

„Don Giovanni", sagt er dann, „wird *oft* mit Casanova verglichen, doch die beiden Figuren haben absolut nichts miteinander zu tun".

„Aber Casanova soll doch Mozart und seinen Librettisten Da Ponte beim *Don Giovanni* sogar beraten haben", wendet Florian ein.

„Historisch belegt ist das *nicht*", erklärt Konstantin. „Doch so oder so: Casanova war ein Mann, der die Frauen verehrte. Er verführte sie mit all seinen Künsten – und vor allem mit großem Respekt. Don Giovanni aber ist ein Mann, der die Frauen eher verachtet und sich rücksichtslos nimmt, was er will. Er ist ein Adliger, der ohne jegliche moralische Bedenken die Vorrechte seines Standes zu seinem eigenen Vergnügen nutzt. Casanova dürfte am Charakter dieser Figur wenig Gefallen gefunden haben."

Konstantin bestellt sich noch ein Bier und fragt, ob er uns einladen darf. Wir bedanken uns und ordern einen Wein.

„Andererseits ...", setzt Konstantin erneut an: „Worauf stützt sich denn überhaupt sein Ruhm als Weiberheld? Sein Diener Leporello ist es, der in der Register-Arie damit prahlt, wie viele Frauen Don Giovanni schon erobert haben soll. Mehr als 2000? Das ist doch pure Angeberei! Im Verlauf der Geschichte kann Don Giovanni jedenfalls nicht bei einer einzigen Frau landen. Immer kommt ihm irgendetwas dazwischen."

„Arbeitest du hier an der Oper?", frage ich ihn.

„Nein, ich studiere Musikwissenschaften. Mozart ist so etwas wie mein Spezialgebiet. Und meine private Passion."

„Warst du auch in der Vorstellung?"

Konstantin nickt. „Was macht *ihr* denn beruflich?"

Ich erzähle, dass ich als freier Journalist arbeite.

„Und du?", fragt er Florian.

„Ich bin bildender Künstler."

„Da bin ich ja auf dem besten Weg, zwei interessante Menschen kennenzulernen." Konstantin lächelt.

Der Kellner bringt unsere Getränke, und Florian schlägt vor, dass wir uns an einem der Tische im hinteren Teil der Bar einen Platz suchen sollten. Konstantin ist einverstanden und schwärmt weiter von Mozart.

„Es gibt so aufregende Neuinterpretationen von seinen Opern. Ein Regisseur zum Beispiel hat die Handlung von *Don Giovanni* ins Rotlichtviertel verlegt. Don Giovanni ist bei ihm ein drogenabhängiger Krimineller und Anführer einer Straßengang. In einer anderen Version stürzt Don Giovanni am Ende nicht ins Höllenfeuer, sondern versinkt unter den nackten Körpern junger Männer und Frauen, die auf der Bühne eine Orgie feiern."

„Die Inszenierung, die wir heute gesehen haben, ist ja eher konventionell", meint Florian.

„Vor allem fehlte dem Don Giovanni jegliche erotische Aura", ergänzt Konstantin.

„Aber die Sänger waren doch großartig", wende ich ein, und Konstantin gibt mir recht.

„Ach, man müsste selbst einmal eine Mozart-Oper inszenieren!", seufzt er.

„Ich weiß nicht. Immer wieder Mozart ...!", antworte ich. „Ist es nicht viel spannender, mal etwas Neues zu entdecken?"

„Auch bei Mozart gibt es tatsächlich immer noch etwas zu entdecken", meint Konstantin.

„Zum Beispiel?"

„*Leck mich im Arsch, g'schwindi, g'schwindi!* Ein sechsstimmiger Kanon, Köchelverzeichnis 231. – Schon mal gehört?"

Wir müssen lachen.

„Ein Jahr später hat er dann die Arbeit an einer Oper begonnen, die leider nie fertig geworden ist."

Und Konstantin erzählt von einem relativ unbekannten Fragment. Kein Frühwerk, sondern aus der Zeit zwischen der *Entführung aus dem Serail* und *Le Nozze di Figaro*.

„Wunderbare Musik", schwärmt er. „Aber eine ziemlich kuriose Handlung: Ein Marchese sperrt seine Tochter in einen Turm, um sie von ihrem Liebhaber fernzuhalten. Der wiederum versteckt sich schließlich in einer großen mechanischen Gans, die dem Marchese als Gastgeschenk aus dem Orient übergeben werden soll. Auf diese Weise beabsichtigt der Liebhaber in das Haus des Marchese zu gelangen, um seine Geliebte zu befreien."

„Klingt abenteuerlich", sage ich. „Und wie heißt die Oper?"

„*L'Oca del Cairo – Die Gans von Kairo*. Das Libretto stammt übrigens von Varesco, der auch für die Textvorlage des *Idomeneo* verantwortlich war. Und schon da war Mozart an den fragwürdigen Künsten des Dichters fast verzweifelt. Keine große Überraschung also, dass die Oper mit der Gans nie vollendet worden ist."

„Eine große mechanische Gans auf der Bühne, das wäre natürlich optisch ziemlich spektakulär", meint Florian.

„Aber es ist eben nur ein Fragment", sage ich.

„Jedenfalls gibt es auch bei Mozart noch etwas zu entdecken."

Es wird spät an diesem Abend. Florian erzählt von seiner letzten Ausstellung in Bremen und versucht Konstantin zu beschreiben, wie er malt. Stolz erwähnt er seine expressionistisch inspirierten Seestücke, mit denen er in den letzten Jahren ziemlich erfolgreich war, und berichtet von einer Serie mit Frauenporträts, an denen er zurzeit arbeitet. Ich schildere meine Tätigkeit in der Redaktion eines Kulturmagazins, spreche von einem Beitrag über Publikumsskandale in der Musikgeschichte, für den ich gerade recherchiere. Als wir uns dann endlich voneinander verabschieden, versichern wir uns gegenseitig, dass wir uns möglichst bald wiedersehen wollen.

Am nächsten Tag treffe ich mich zur Mittagszeit mit Florian in einem Café in der Innenstadt. Eine Art Ritual zwischen uns: die tägliche kleine Pause von unserer jeweiligen Arbeit gemeinsam zu genießen und uns über die vielen Alltagsdinge auszutauschen. Wir kennen uns schon beinahe zehn Jahre, waren anfangs für einige Zeit ein Paar und sind inzwischen beste Freunde. Florian hat kurze, strohblonde Haare und hellblau leuchtende Augen, und ich liebe es, wenn er lacht, was er ziemlich häufig tut.

„Was hältst du von diesem Konstantin?", fragt er mich und nippt an seinem Milchkaffee.

„Er ist zweifellos ein interessanter Typ", sage ich. „Etwas befremdet hat mich sein irrer Blick."

„Wie meinst du das?"

„Findest du nicht, dass er etwas Wahnhaftes hat?"

Florian lacht. „Vielleicht, was Mozart betrifft."

„Nein, das meine ich nicht."

„Jedenfalls scheint er sich in der klassischen Musik wirklich gut auszukennen."

„Das ist nicht erstaunlich, wenn jemand Musikwissenschaften studiert", werfe ich ein.

„Aber dieses Opernfragment mit der mechanischen Gans ist doch echt ein Knüller", fügt Florian hinzu.

„Wenn die Musik etwas taugt. Und wenn es denn tatsächlich so unbekannt ist, wie Konstantin sagt."

„*Ich* habe auf jeden Fall noch nie davon gehört."

„Nein, ich allerdings auch nicht."

Florian schaut auf seine Armbanduhr, greift dann nach seiner Tasse und kippt den Rest Milchkaffee hinunter. „Ich habe übrigens Karten für die Kammerspiele. Nächste Woche. Ein Bekannter, der dort gerade hospitiert, hat sie mir geschenkt. Willst du mitkommen?"

„Was läuft denn?"

„*Das Mädchen am Ende der Straße*. Wohl eine Art Psycho-Thriller. Soll ursprünglich mal ein Film gewesen sein und kommt jetzt auf die Bühne."

„Okay. Warum nicht? Ich bin zwar nicht unbedingt ein Fan von Psycho-Thrillern, aber ich mag die Kammerspiele. Und ich mag dich."

Zwei Tage später hat uns Konstantin spontan zu sich nach Hause eingeladen. Nachdem er die Tür öffnet, treten wir in ein kleines Zimmer, das – wie sich herausstellt – das einzige seiner Wohnung ist. Es gibt noch eine winzige Küche und ein ebenso winziges Bad. Die Wände des Zimmers sind bis zur Decke mit Regalen zugestellt, die randvoll mit Schallplatten gefüllt sind. Darüber hinaus gibt es nur ein Bett, einen Sessel und ein Klavier.

„Vinyl!", staune ich.

„Es sind exakt 4917", verrät uns Konstantin. „Allein von *Don Giovanni* besitze ich 23 verschiedene Aufnahmen."

Ich lasse mich in den Sessel fallen, Florian nimmt auf dem Bett Platz, Konstantin scheint stehenbleiben zu wollen.

„Jede Schallplatte, die ich besitze, ist katalogisiert", erklärt er. „Ich notiere natürlich ihren jeweiligen Inhalt. Dann bekommt sie eine Nummer. In der Reihenfolge, in der ich sie erworben habe. Und sobald ich sie gehört habe, trage ich das jeweilige Datum ein."

Konstantin holt einen Ordner aus dem Regal und beginnt, darin zu blättern.

„Also, Komponisten-Index ... - Ich schlage auf: M ... - Mozart, Wolfgang Amadeus. Da gibt es eine Platte mit der Kennzeichnung KF 574. Das heißt natürlich Konstantin Fischer, Platte 574. Die 574. Platte, die ich mir gekauft habe in meinem Leben. Ich kann dann nach-schlagen, welche Platte das ist. Das steht ...". Konstantin blättert weiter. „Ich glaube, ich weiß es sogar fast aus-wendig ...". Er blättert immer noch. „Da ist schon KF 560 ... KF 574! Na, also. Das ist das Streichquartett Nr. 15 in d-Moll, interpretiert vom Alban Berg Quartett. Natür-lich, was soll es sonst sein? - Das letzte Mal gehört ... Vor zwei Jahren. Am 15. Februar, um genau zu sein."

Florian schaut zu mir herüber, und wir blicken uns ein wenig entgeistert an.

Ich frage Konstantin, welche Aufnahme des *Don Giovanni* ihm am besten gefällt. Er will sich da allerdings nicht festlegen. Jede Aufnahme, so sagt er, besitze ihre Vor- und Nachteile.

„Mozart hat da für seine Zeit etwas wirklich Revolu-tionäres geschaffen. Denkt nur an das Finale des ersten Aktes. Als Don Giovanni im Ballsaal seine Gäste emp-fängt, lässt Mozart drei Tänze in verschiedenen Taktar-ten gleichzeitig erklingen. Interessant ist auch, dass die Rolle des Leporello genauso groß ist wie die seines aris-tokratischen Herrn und dass beide dasselbe Stimmfach haben. Das hat im höfischen Wien alle Normen ge-sprengt."

„Du spielst offensichtlich auch Klavier", bemerkt Flo-rian mit Blick auf das Instrument, und Konstantin nickt.

„Ich komponiere sogar", sagt er und beginnt, in einer Schublade nach etwas zu suchen. „Ich arbeite gerade an meiner ersten Symphonie." Dann zieht er einen Stapel Papier hervor, den er uns herüberreicht. Beeindruckt bli-cke ich auf die Noten, kann aber – genau wie Florian - nicht viel damit anfangen, denn wir können beide leider keine Noten lesen.

Spontan setzt sich Konstantin ans Klavier und beginnt zu spielen. Eine leicht fröhlich anmutende Melodie.

„Ist das aus deiner Symphonie?", frage ich Konstantin, stehe auf und mache einen Schritt auf eines der Regale zu, um die Rücken der Schallplattenhüllen lesen zu können. „Klingt nach Mozart."

„Es *ist* Mozart", antwortet er. „Ein Duett zwischen Auretta und Chichibio, den beiden Bediensteten des Marchese aus *L'Oca del Cairo*."

„Wieviel Material aus diesem Opernfragment ist denn überhaupt vorhanden?"

Konstantin hört zu spielen auf und dreht sich zu uns um. „Mozart hat den größten Teil des ersten Aktes fertiggestellt. Es existieren insgesamt drei Arien, zwei Duette, ein Terzett, ein Quartett und das Finale des ersten Aktes. Allerdings ist nicht alles komplett instrumentiert."

„Darf denn die Gans auch singen?", fragt Florian und grinst.

„Das war von Varesco wohl durchaus geplant, sollte aber erst im zweiten Akt passieren. Der wurde von Mozart jedoch nicht mehr ausgeführt."

„Das ist schade", meint Florian. „Wenn man eine Oper mit dem Titel *Die Gans von Kairo* ankündigt, dann wollen die Leute diese Gans natürlich auch sehen."

„Ja, Opern mit Tieren sind sehr beliebt", feixe ich und lasse mich wieder in den Sessel fallen.

„Früher wurden tatsächlich oft lebende Tiere eingesetzt", erklärt Konstantin. „Besonders im 19. Jahrhundert. Meistens Pferde, manchmal aber sogar Elefanten."

Wir sind uns dann schnell einig, dass es zwar interessant, aber mindestens ebenso schwierig wäre, ein

Fragment szenisch aufzuführen. So etwas ließe sich nur konzertant machen.

„Es sei denn, man bettet das Fragment in eine Rahmenhandlung", kommt mir plötzlich in den Sinn. „Man könnte darin erzählen, warum die Arbeit an der Oper begonnen, aber nie beendet wurde. – Und die musikalischen Teile könnten wie eine Theaterprobe eingefügt werden."

„Damit haben wir aber immer noch keine Gans", sagt Florian.

„Da findet sich bestimmt eine szenische Lösung", überlege ich. „Möglicherweise brauchen wir dafür nur ein paar zusätzliche Rezitative."

„Moment mal!", geht Konstantin dazwischen. „Wovon redet ihr da eigentlich?"

„Klar", meint Florian. „Wir haben doch einen Komponisten an der Hand."

„Worauf wollt ihr hinaus?" Konstantin scheint immer noch nicht zu verstehen.

„Kannst du nun komponieren oder nicht?", frage ich ihn.

„Ja, sicher", antwortet er etwas zögerlich.

„Dann lass es uns doch versuchen."

„Was?"

„Wir erwecken *Die Gans von Kairo* zum Leben. Ich wollte immer schon mal etwas für das Theater machen."

„Du würdest die Rahmenhandlung schreiben?", fragt Florian und sieht mich an.

„Wenn du dich um Bühnenbild und Kostüme kümmerst", kontere ich.

Konstantin ist vor Schreck etwas blass geworden. Doch dann lächelt er.

2

Am darauffolgenden Wochenende will ich mich eigentlich mit meinem Artikel über Publikumsskandale in der Musikgeschichte beschäftigen. Doch immer wieder kreuzt Mozart meine Gedanken. Die kuriose Geschichte mit der Gans aus Kairo lässt mich einfach nicht los, und schließlich nehme ich mir für den Sonntag vor, ein wenig darüber zu recherchieren.

Die Wochenenden eignen sich hervorragend, um konzentriert zu arbeiten. Die kleinen Alltagsdinge pausieren, und es ist, als würde die Welt für zwei Tage stillstehen – oder sich doch zumindest viel langsamer drehen. Genau wie Florian lebe ich allein, und genau wie Florian bin ich augenblicklich in keiner Beziehung. Seitdem wir beide wieder Single sind und getrennt voneinander leben, sind wir uns beinahe näher als zuvor. Der Druck, es dem anderen recht zu machen, der sich in einer Beziehung leicht aufbaut, ist verschwunden. Wir gehen nun deutlich entspannter miteinander um.

In meinem Bücherregal entdecke ich eine Biografie über den Mann, der bereits als fünfjähriges Wunderkind große Aufmerksamkeit erlangt hatte. Und ich stoße dann tatsächlich auf die *Gans von Kairo*. Als Mozart 1783 mit der Arbeit an der Oper begann, war er 27 Jahre alt, frisch verheiratet und werdender Vater. Er lebte in Wien, und es ging ihm finanziell gerade gut, denn er hatte ein Jahr zuvor mit seiner *Entführung aus dem Serail* einen großen Erfolg verbucht. Die Suche nach einem neuen Libretto gestaltete sich allerdings schwierig. Seine Wahl fiel letztlich auf Varesco, der ihm zwei Jahre zuvor die Vorlage zu seiner Oper *Idomeneo* geliefert hatte. Mozart erinnerte sich eigentlich ungern an die Zusammenarbeit, wusste aber, dass sein Vater diesen Varesco sehr schätzte. Das Verhältnis zu seinem Vater in Salzburg war sehr angespannt, die schwangere Constanze aber wollte ihn unbedingt kennenlernen. Der Weg über Varesco schien ideal, um sich dem Vater wieder zu nähern und damit Constanzes Wunsch nach Versöhnung zu erfüllen.

Am späten Nachmittag bin ich noch immer in die Biografie vertieft, als mich plötzlich das Klingeln des Telefons aus der Konzentration reißt. Florian ist dran.

„Was machst du heute?", fragt er mich.

„Ich recherchiere gerade ein wenig über Mozart."

„Du auch? - Wollen wir uns dann nicht treffen und uns ein bisschen darüber austauschen?"

„Gern, wenn du möchtest", sage ich. „Konstantin muss ja nicht unbedingt dabei sein."

„Doch, er würde sicher auch kommen", antwortet Florian. „Wir haben gerade miteinander telefoniert."

Eine Stunde später sitzen wir also gemeinsam bei Salat und Weinschorle in einem Bistro in der Nähe des Hafens und reden wieder über Mozarts Gans.

„Ich habe mich heute ein bisschen mit seiner Biografie beschäftigt", erzähle ich. „In der Zeit, um die es geht, war er gerade frisch verheiratet, wurde Papa und suchte nach einer neuen Aufgabe. Das ist doch der ideale Beginn einer schönen Geschichte. Und sie ist absolut zeitlos."

„Aber ich möchte die Ausstattung des Stückes auf jeden Fall im Stil des Rokoko einrichten", insistiert Florian. „Zumindest was den Opernteil betrifft."

„Wo willst du denn die aufwändigen Kleider hernehmen?", frage ich ihn.

Das drängendste Problem rückt erstmals in den Fokus: Wir haben nicht viel Geld. Eine Inszenierung, wie wir sie gerade zu planen beginnen, ist aber nicht umsonst zu haben. Selbst wenn alle Beteiligten auf eine Gage verzichten, müssen doch zumindest das Bühnenbild und die Kostüme finanziert werden.

„Ich könnte sie selbst entwerfen und nähen", überlegt Florian. „Das muss dann gar nicht kostspielig sein. Wir verwenden Futtertaft. Der ist billig, hat einen seidigen Glanz, und es gibt ihn in den verschiedensten Farben. Da lässt sich etwas Schönes draus zaubern, wenn man für zusätzliche Verzierungen mit Kordeln und Geschenkband arbeitet."

„Und die Perücken?"

„Das wird schon schwieriger."

„Bei den Damen wurden die Frisuren damals ja mit Draht und Fischbein auch noch kräftig aufgestockt", sagt Konstantin. „Und zusätzlich mit Federn, Perlen und Blumen verziert."

„Ich glaube, Federn und Perlen wären das geringste Problem", wende ich ein.

„Richtig", meint Florian. „Es sind eher die Perücken selbst."

„Die Staatsoper hat sicher genug davon", kommt Konstantin in den Sinn.

„Meinst du, die verleihen so etwas?", überlegt Florian.

„Keine Ahnung."

Konstantin schlägt vor, in der Oper nachzufragen, und während wir unsere inzwischen leeren Salatteller beiseiteschieben, erläutere ich meine ersten Überlegungen, was die Rahmenhandlung betrifft.

„Mozarts Verhalten war ja aus heutiger Sicht ziemlich derb und anstößig. Das sollte sich in unserem Stück auch widerspiegeln, finde ich."

„Mozart als Punk?" Konstantin rümpft die Nase.

„Zumindest als aufmüpfiger Geist", entgegne ich.

„Es gibt ein britisches Theaterstück, in dem Mozart ähnlich charakterisiert wird", räumt Konstantin ein. „Was zugegeben auch nicht abwegig ist. Man braucht nur die sogenannten Bäsle-Briefe zu lesen. Briefe, die Mozart an seine Cousine geschrieben hat. Sie stecken voller sprachlicher Spielereien und Fäkalwörter."

„Na, also."

„Wie wäre es, wenn wir das Arbeitszimmer von Mozart dann im Memphis-Stil einrichten?", fällt Florian plötzlich ein.

„Memphis-Stil?", fragt Konstantin verdutzt.

„Der wurde von einer Gruppe von Designern in Mailand entwickelt. Die Möbel wurden aus Kegeln, Kugeln, Pyramiden und Würfeln zusammengestellt und in den schrillsten Farben mit Kunststoff laminiert. Bunt, fantasievoll und lustig. - Können wir aus billigen Hart-faserplatten selber bauen."

„Gefällt mir", sage ich. „Das macht die Welt um Mozart bunt und schrill."

„Was meinst *du*?", fragt Florian und wendet sich an Konstantin, der mit den Gedanken ganz woanders zu sein scheint.

„Wir müssen den Opernteil auf jeden Fall mit Orchester aufführen", wirft er unvermittelt ein.

„Nicht unbedingt", entgegne ich. „Mozart ist ja in der Geschichte erst bei den Proben. Es würde also auch ein Korrepetitor genügen, der die Sänger am Klavier begleitet."

„Nein", sagt Konstantin. „Ich möchte ein Orchester."

„Und wer soll es leiten?", fragt Florian.

„*Ich* natürlich."

„Aber hast du nicht gesagt, dass die Orchestrierung nicht komplett ist?"

„Ach, das ist kein großes Problem. Die Basslinie wurde von Mozart ja fast vollständig notiert.", versichert Konstantin.

Florian und ich zögern einen Moment, lassen uns dann aber überzeugen. Konstantin ist schließlich unser Fachmann für den musikalischen Teil.

„Fehlt also nur noch die Gans", sagen wir beinahe gleichzeitig und blicken uns etwas ratlos an.

In den darauffolgenden Tagen beginne ich mit ersten Notizen für die Rahmenhandlung: Die hochschwangere Constanze liegt auf dem Sofa und blättert gelangweilt in einem Modejournal. Aus den Augenwinkeln beobachtet sie ihren Wolferl, der am Schreibtisch zwischen Stapeln von Textbüchern sitzt und liest.

Constanze: „In Versailles trägt man jetzt Kleider, die aus leichtem Batist gemacht sind. Die schweren Brokatstoffe sind auf einmal nicht mehr gefragt. Kannst du dir vorstellen, dass die Gräfinnen jetzt, wenn du so willst, praktisch in … ja, in Unterwäsche durch die Gärten spazieren. In Unterwäsche. Ein Wahnsinn! Absolut verrückt, diese Mode. Findest du nicht?"

Mozart: „Wenn du so etwas hier in Wien trägst, denken die Leute, wir könnten uns nichts Besseres leisten."

„Constanze: Wie kommst du voran?"

Mozart flucht über die mangelnde Qualität der Textbücher: Es genüge doch nicht, eine Handvoll Personen durcheinander zu würfeln und nach Lust und Laune wieder neu zu sortieren.

Constanze ihrerseits klagt darüber, dass Mozart immer nur arbeitet. Sie fühlt sich vernachlässigt und stets aufs Neue mit leeren Versprechungen vertröstet. Wie oft schon habe er zum Beispiel versichert, mit ihr nach Salzburg zum Vater zu fahren – um dann immer wieder neue Ausreden zu erfinden und die Reise aufzuschieben.

Mozart: Und was denkst du, warum wir wohl sowieso nach Salzburg fahren müssen? Weil ich doch kein neues Libretto finde …

Constanze: Was hat das mit Salzburg zu tun?

Mozart: Ich habe den Vater gefragt, ob er nicht so freundlich sein könnte, Abate Varesco für mich nach einem Libretto zu fragen. Der Vater hat den Varesco doch immer hochgeschätzt.

Constanze: Da liest du also über hundert Bücher, um ein neues Opernlibretto zu finden. Keines ist dir gut genug für deine Musik. Und dann kommst du mir mit Varesco. Ausgerechnet Varesco.

Mozart: Willst du nun nach Salzburg fahren oder nicht?

Sie streiten sich, machen sich gegenseitig Vorwürfe, freuen sich auf ihr erstes Kind, albern miteinander herum, flirten und liebkosen sich. Der Zuschauer lernt das junge, verrückt verliebte Paar kennen und erfährt, warum Mozart es mit einem Libretto von Varesco versuchen will. Dann folgt ein Szenenwechsel zur ersten Probe von *L'Oca del Cairo*.

Am Nachmittag steht Florian vor meiner Tür.

„Ich würde dir gern meine ersten Entwürfe für die Kostüme zeigen."

„Jetzt schon?", frage ich überrascht. „Etwas übereilt, oder? Wir sind noch mitten in der Planungsphase."

„Schreibst du nicht an der Rahmenhandlung?", fragt Florian zurück.

„Ja, sicher."

„Etwas übereilt, oder? Wo wir doch noch mitten in der Planungsphase sind."

Wir müssen beide lachen, und Florian breitet seine Entwürfe auf dem Tisch aus.

Mozart soll Gehrock und Hose in Rostrot bekommen, beides mit goldfarbener Spitze abgesetzt. Seine Frau Constanze erhält von Florian eine sogenannte Robe à l'Anglaise. Das Oberteil und der nach vorn geöffnete Rock bestehen aus einem zinnoberrot-weiß-gestreiften Satin, der Unterrock soll glänzend weiß sein.

„Sieht sehr raffiniert aus, aber Constanze ist zu Beginn des Stückes hochschwanger", gebe ich zu bedenken.

„Okay, dann bekommt sie anfangs ein Negligé … – und darüber einen schönen Hausmantel."

„Das klingt… raffiniert."

„Gibt es noch eine weitere Person in deiner Geschichte?", fragt Florian. „Varesco vielleicht?"

„Ich denke, dass Lorenzo Da Ponte eine Rolle spielen sollte. Mit ihm hat Mozart seine Zusammenarbeit begonnen, nachdem er die Idee mit der *Gans von Kairo* endgültig verworfen hatte. Sie müssen sich also genau in jener Zeit kennengelernt haben. Und Da Ponte hat ihm dann schließlich für drei seiner wichtigsten Opern die Textbücher geliefert."

„Für Lorenzo Da Ponte könnte ich mir Hose und Gehrock in Safrangelb vorstellen. Und einen Dreispitz sollte er vielleicht tragen."

„Jedem seine eigene Farbe."

„Richtig. Und das soll auch für die Personen auf der Opernbühne gelten", erklärt Florian.

„Und die Idee mit der Bühne im Memphis-Design hast du schon wieder aufgegeben?", frage ich ihn.

„Nein, wieso?"

„Weil du die Kostüme für den Schauspielteil auch im Rokoko-Stil entworfen hast."

„Die Kostüme sind zwar im Rokoko-Stil, aber passend zur modernen Bühne in kräftigen Farben gehalten, während sie im Opernteil in zarten Pastelltönen angelegt sein sollen."

„Hast du da schon Entwürfe?"

„Nein, ich muss Konstantin wohl nochmal daran erinnern, dass ich die Liste der auftretenden Personen im Opernteil brauche. Ich glaube, er hat gerade Stress, die Musiker für das Orchester zu rekrutieren. Insbesondere mit den Streichern scheint es Probleme zu geben."

„Ich denke ja immer noch, dass wir es bei der Klavierbegleitung belassen sollten", entgegne ich. „Konstantin hat doch genug anderes zu tun."

„Abgesehen davon bleibt es ein finanzielles Problem", meint Florian. „Musiker machen nach meiner Erfahrung ungern finanzielle Zugeständnisse. Ein Job im Orchester ist Mucke, und die muss anständig bezahlt werden."

Wir treffen uns am nächsten Tag mit Konstantin in einem Café in der Nähe der Uni. Er wirkt gehetzt und schaut häufig auf die Uhr.

„Alles in Ordnung?", frage ich. „Du siehst nicht gut aus."

„Ich habe mich gerade über einen Cellisten geärgert, mit dem ich über unser Projekt gesprochen habe."

„Inwiefern?"

„Er meinte, ich sei größenwahnsinnig. Jedenfalls hat er kein Interesse, in unserem Orchester zu spielen."

Wir bestellen Cappuccino und setzen uns an einen der kleinen, runden Tische.

„Ich würde mir gern die Kostümentwürfe für den Opernteil vornehmen", sagt Florian.

Konstantin nickt, scheint aber immer noch etwas abwesend.

„Dazu müsste ich das Personal des Fragments kennen", setzt Florian nach.

„Ja, klar", antwortet Konstantin. „Es sind neben dem Chor sieben Personen."

„Einen Chor gibt es auch noch?", frage ich.

Konstantin bejaht und holt einen Zettel aus seiner Tasche, den er vor uns auf den Tisch legt.

L'Oca del Cairo - Personen
Don Pippo, Marchese von Ripasecca
Celidora, seine Tochter

Lavina, Gesellschafterin, in die Don Pippo verliebt ist
Biondello, ein reicher Edelmann, der in Celidora verliebt ist
Calandrino, Freund von Biondello und Geliebter Lavinas
Chichibio und Auretta, Bedienstete des Marchese

„Sieben Personen - plus Chor ...!", staunt Florian. „Hast du schon mit der Suche nach geeigneten Sängern begonnen?"

„Ich habe verschiedene Studenten angesprochen, aber bislang noch keine Rückmeldungen. Wir können ja nicht mit viel Geld locken. Das macht die Sache nicht einfacher."

„Kann ich mir vorstellen."

„Wie sieht es denn mit der Besetzung der Schauspiel-handlung aus?", fragt Konstantin zurück.

„Ich benötige glücklicherweise nur drei", antworte ich. „Melissa, eine befreundete Schauspielerin, käme für die Rolle der Constanze in Frage. Sie kann vielleicht auch bei der Suche nach einem Mozart helfen."

„Und wer ist die dritte Person?", fragt Konstantin.

„Ich brauche einen Da Ponte."

„Einen Italiener?"

„Wenn möglich. Ja."

„Hoffen wir, dass letztlich nicht alles an den Finanzen scheitert", meint Florian.

„Es gibt noch ein anderes Problem", wirft Konstantin ein.

„Nämlich?"

„Ich hatte euch ja gesagt, dass Mozart den Auftritt der Gans nicht komponiert hat."

„Wir wollten die Handlung mit Rezitativen erwei-tern", erinnere ich ihn.

„Richtig, aber das wäre für den gesamten fehlenden Handlungsstrang etwas langatmig."

Für den Auftritt der Gans schlägt Konstantin den *Marsch der Janitscharen* aus der *Entführung aus dem Serail* vor. Wenn dann aber der Marchese sein kurioses Geschenk aus Kairo bewundert, sollte er das doch mit einer schönen Arie tun. Die aber eben nicht existiert.

„Vielleicht erlauben wir uns da einen Spaß", schlage ich spontan vor. „Wenn wir schon zu einem Marsch aus der *Entführung* greifen, dann kann die Arie auch eine Huldigung an das deutsche Singspiel sein."

„Eine deutschsprachige Arie in einer italienischen Oper?"

„Unser Gimmick. Warum nicht?"

„Und an was denkst du da genau?", will Konstantin wissen.

„Lass uns doch die Melodie der Register-Arie aus dem *Don Giovanni* nehmen. Ich schreibe einen deutschen Text dazu, der zum Inhalt unserer Oper passt."

Florian gefällt die Idee, Konstantin überlegt noch.

„Okay", sagt er dann. „Dazu solltest du aber vielleicht die Handlung etwas genauer kennen."

„Ich bin ganz Ohr."

Konstantin sieht wieder auf die Uhr, holt dann tief Luft und versucht, sich zu konzentrieren.

„Don Pippo, der Marchese, hat seine Tochter Celidora in den Turm gesperrt, weil er nicht möchte, dass sie Biondello heiratet. Das hatte ich euch ja schon kurz erzählt. Er hat aber auch Lavina in den Turm gesperrt, die Gesellschafterin seiner Tochter. Er ist nämlich in Lavina verliebt. Sie aber würde viel lieber Calandrino in die Arme schließen, den besten Freund Biondellos. Während die beiden Frauen also im Turm hocken, trifft Don

Pippo die Vorbereitungen zu seiner Vermählung mit Lavina. Zur gleichen Zeit beschließen Biondello und Calandrino, Celidora und Lavina zu befreien. Um unbemerkt in das Haus des Marchese zu gelangen, versteckt sich Biondello in der mechanischen Gans, die der als Ägypter verkleidete Calandrino Don Pippo als Hochzeitsgeschenk überreicht."

„Das wäre dann die Szene, für die wir die Rezitative benötigen, richtig?", frage ich.

„Genau. Einen Dialog zwischen Calandrino und Don Pippo."

„Den kann ich schreiben, kein Problem. Aber der müsste ja auf jeden Fall noch ins Italienische übertragen werden."

„Das kann ich übernehmen. Ich spreche italienisch", erklärt Konstantin.

In der darauffolgenden Nacht setze ich mich dann an die Rezitative und verfasse einen Text, in dem sich Don Pippo zur Musik des ersten Teils der Register-Arie ausgiebig über sein Geschenk aus Kairo freuen darf:

Welche Freude!
Welch ein Glanz für diese Hochzeit!
Ein Gefühl des Glücks lässt mich beben,
und das Ziel, das Ziel all meines Strebens
wird mit diesem Triumph nun gekrönt.
Wird mit diesem Triumph nun gekrönt.

Von Don Pippo aus Ripasecca,
der feinen Gesellschaft von Ripasecca,
die größte Hochzeit von Ripasecca
und aus Kairo -

sowas hat man noch niemals geseh'n –
eine ganz – große Gans.

Alle werden mich beneiden,
ihre Augen daran weiden.
Jeder wird in 100 Jahren
noch an diese Hochzeit denken,
denn ein Mann kann seinem Weibe
so etwas höchst selten schenken.
Oh, Triumph! Oh, Triumph!
Chor: Welche Freude!
Sie quakt fast gewöhnlich.
Chor: Welche Freude!
Einer Gans viel zu ähnlich.
Gäb' nicht die Größe
dem Wunder die Blöße.
Schaut, schaut, schaut diese Gans da!
Sowas hat man noch niemals geseh'n.
Eine ganz – große Gans.

Und die Affen, wie sie gaffen.
Und die Nattern, wie sie schnattern,
werden ihre Röcke raffen,
einen Platz noch zu ergattern.
In Verzückung schier vergehen,
ungeduldig Schlange stehen.
Hat man sowas schon geseh'n?
Sowas hat man noch nie geseh'n!

3

„Weißt du, ich denke, dass man als junge Schauspielerin viel stärker in den Prozess der Figurenentwicklung eingebunden werden müsste. Klar, wir haben noch nicht viel Erfahrung, aber wir könnten doch ermutigt werden, die Figur, die wir spielen sollen, selbst zu entwickeln. Stattdessen werden wir in der Regel einfach inszeniert."

Ich habe mich mit Melissa im Stadtpark zu einem gemeinsamen Spaziergang getroffen. Die Sonne scheint. Es weht ein leichter, angenehm warmer Wind, und Melissa wirft ihre langen blonden Haare mit einer Kopfbewegung aus der Stirn. Ich möchte ihr von unserem Mozart-Projekt erzählen und sie fragen, ob sie sich vorstellen könnte, die Rolle der Constanze zu übernehmen. Melissa ist Mitte zwanzig und vom Alter her, aber auch optisch die perfekte Braut für einen Mozart, den wir im Augenblick noch suchen.

„Man kann natürlich auch einfach nur das spielen, was im Textbuch steht", fährt sie fort und lässt ihren Blick über die Wiesen streifen. „Aber ich denke, es geht doch um das Finden einer Intimität, die eine Figur vielleicht nach außen verheimlicht, von der sie aber trotzdem bestimmt wird."

„Ja", sage ich nur.

„Die Art und Weise etwa, wie ich einen Raum betrete, gibt doch Aufschluss über mein Innenleben."

Melissa hat vor etwas mehr als einem Jahr ihr Studium an einer privaten Schauspielschule abgeschlossen und wartet seitdem voller Ungeduld auf ein Rollenangebot. Bislang aber ist sie arbeitslos und motiviert sich mit der Teilnahme an immer wieder neuen Workshops. Sie wirkt stets etwas angestrengt.

„Hast du schon mal von Animal Work gehört?", fragt sie mich.

Ich verneine.

„Das ist eine klassische Technik, bei der es um den Rhythmus einer Figur geht. Man fragt sich, welchem Tier dieser Rhythmus ähneln könnte. Anschließend stellt man sich die Bewegungen vor, die typisch für dieses Tier sind und überträgt sie auf die Figur."

„Aha." Ich muss zwangsläufig an die Gans in Mozarts Oper denken.

„Du hast doch sicher *Taxi Driver* gesehen?", fragt Melissa. „Robert De Niro zum Beispiel hat bei der Entwicklung der Figur, die er da spielt, an einen Krebs gedacht."

„Einen Krebs?"

„Dadurch entsteht eine extreme Körperlichkeit, die einen sofort in ihren Bann zieht."

„Ich kann mich an den Film nicht so genau erinnern. Ist lange her, dass ich ihn gesehen habe."

„Ist ja nur ein Beispiel", sagt Melissa. „Entschuldige, ich rede auch viel zu viel, und du kommst gar nicht zu Wort. Du wolltest doch sicher etwas von mir, oder?"

Ich erzähle ihr von unserem Projekt, und Melissa läuft nun schweigend neben mir her. Dabei achtet sie auf jede ihrer Bewegungen, als würde sie gerade eine Rolle spielen. Und immer wieder wirft sie mit einer leichten Kopfbewegung ihre Haare aus der Stirn.

„Das klingt spannend", urteilt sie schließlich, als ich mit meinen Ausführungen fertig bin. „Ich würde gern die Constanze spielen. Und ich wüsste eventuell auch jemanden, der für die Rolle des Da Ponte in Frage käme."

„Tatsächlich?"

„Fabrizio. Er ist Italiener. Ich habe ihn vor einiger Zeit bei einem Workshop in Berlin kennengelernt."

„Er spricht Deutsch?"

„Ja, er lebt schon fast zehn Jahre in Deutschland. Wir haben ähnliche Vorstellungen, was die Rollenentwicklung betrifft."

„Klingt doch gut", sage ich. „Vielleicht können wir uns mal zu dritt treffen ...?"

Am Abend sitze ich wieder am Schreibtisch und beginne, mich mit dem zweiten Teil der Rahmenhandlung zu beschäftigen. Mozart arbeitet bereits an der Komposition von *L'Oca del Cairo*, ist aber mit dem Libretto von Varesco überhaupt nicht zufrieden. Wie kann man bloß auf die absurde Idee kommen, die beiden weiblichen Hauptpersonen während des gesamten ersten Aktes in einen Turm zu sperren, lamentiert er und bezweifelt, dass eine überdimensionale Gans notwendig sei, um unbemerkt in das Haus eines Marchese zu gelangen.

In den Gassen Wiens kreuzt überraschend Lorenzo Da Ponte seinen Weg. Die beiden kennen sich flüchtig. Da Ponte hatte Mozart sogar schon einmal ein Libretto versprochen, doch bislang war nichts daraus geworden, weil er noch an einem Text für eine Oper von Salieri arbeitet.

Lorenzo Da Ponte: Herr Mozart, nicht wahr? Schön, dass ich Sie nun doch einmal treffe. Fast so, als wollte sich der Zufall jetzt der Dinge annehmen, die wir sonst vielleicht versäumen würden. Wir sind ja alle immer so beschäftigt.

Mozart: Sie schreiben jetzt ein neues Libretto für Signor Salieri?

Lorenzo Da Ponte: Glauben Sie, es lag an meinem Libretto, dass die letzte Oper von Salieri durchfiel?

Sie umkreisen sich spielerisch, lachen und scherzen miteinander, bleiben aber immer auf der Hut, das offensichtliche Interesse am jeweils anderen nicht allzu sehr preiszugeben. Beide möchten einen guten Eindruck machen, das Gegenüber für sich gewinnen und gleichzeitig vorgeben, die Gunst des anderen überhaupt nicht nötig zu haben. Sie überbieten einander mit der Anzahl der Frauenherzen, die sie schon erobert haben wollen, wetteifern um den beruflichen und finanziellen Erfolg und ihre vermeintliche Unabhängigkeit vom kaiserlichen Hof. Dabei wird immer deutlicher, dass sie am Ende geradezu zwangsläufig zu Verbündeten werden müssen. Sie sind sich einfach zu ähnlich!

„Antonio, puoi farci un grande piatto di pasta?", ruft Fabrizio mit großer Geste quer durch den Raum in Richtung des Kellners. „Ich habe ihn gebeten, uns ein bisschen Pasta zu bringen", wendet er sich dann an mich.

Ich sitze gemeinsam mit Melissa und Fabrizio in einem italienischen Restaurant, das Fabrizio als Treffpunkt vorgeschlagen hatte. Offensichtlich kennt er die Besitzer. Es ist eine kleine Trattoria, wie es viele in unserer Stadt gibt. Karierte Tischdecken, in den Regalen verstaubte Chiantiflaschen, Vasen aus Terrakotta, Miniaturen von Michelangelos David und Botticellis Venus, Fischernetze an der Decke und in der Ecke des Raumes der obligatorische Fernseher.

Fabrizio ist ungefähr Mitte dreißig, ein groß gewachsener Mann mit breiten Schultern, schwarzen Haaren, die er mit Gel streng nach hinten gekämmt hat, und einem schönen, ebenmäßigen Gesicht. Er füllt den Raum mit seinem Ego, ist laut, witzig und charmant. Für die Rolle des Da Ponte fehlt ihm die Eleganz, kommt mir in den Sinn. Aber er ist schließlich Schauspieler, sollte das also kompensieren können.

„Casanova kam ja aus sehr ärmlichen Verhältnissen", erklärt er uns schwadronierend. „Er hat sich selbst erschaffen und zu dem gemacht, der er dann letztlich war. Ein sexueller Revolutionär und ein einfühlsamer Freund der Frauen. Er lag im Clinch mit Kirche und Inquisition, hat in seinem Leben zahlreiche Duelle überlebt, und es ist ihm gelungen, aus den berüchtigten Bleikammern auszubrechen. Er war ..."

„Es geht um Da Ponte, nicht um Casanova!", unterbreche ich ihn.

„Che diavolo ...! - Beide haben Europas Schlafzimmer unsicher gemacht", entgegnet Fabrizio. „Und beide besaßen einen scharfen Blick für die gesellschaftlichen Verhältnisse."

„Du hättest jedenfalls Interesse, den Da Ponte zu spielen?", frage ich ihn.

„Aber ja! Bei euch in Deutschland bekomme ich ja immer bloß die Rolle des italienischen Kellners. Meinen Landsmann, den großen Lorenzo Da Ponte, zu spielen, wird mir also eine Ehre sein. – Und wenn ihr mal einen

Casanova braucht…?!" Für einen Moment lächelt er süffisant.

„Du weißt, dass wir nichts zahlen können?"

„Das hat mir Melissa erzählt. - Habt ihr denn schon einen Mozart?"

Ich verneine.

„Und wo wird geprobt? Wo werden wir auftreten?"

„Das ist alles noch offen", gestehe ich. „Ich denke, wir müssen erstmal die grundsätzlichen Voraussetzungen schaffen. Es gibt bislang kein fertiges Stück, und auch die Besetzung – vor allem, was den aufwändigeren Opernteil betrifft – ist eben noch nicht komplett."

Der Kellner, den Fabrizio Antonio genannt hat, bringt eine große Platte mit verschiedener Pasta und stellt sie in die Mitte unseres Tisches. Dann bekommen wir jeder einen Teller mit Besteck und werden gebeten, uns selbst zu bedienen.

„Also, lasst uns essen", tönt Fabrizio. „Und hoffen, dass das Projekt überhaupt zustande kommt."

Als ich am nächsten Tag mit Florian telefoniere, um ihm von meinem Treffen mit Melissa und Fabrizio zu erzählen, erfahre ich, dass es inzwischen auch Kostümentwürfe für das Personal der Oper gibt. Wie angekündigt, bekommt jede Person ihre eigene Farbe. Außerdem hat Florian sich über den Bau der Gans Gedanken gemacht. Eine mechanische Konstruktion, die an ein überdimensionales Blechspielzeug erinnert, sei kaum zu realisieren, meint er. Und ich gebe ihm nach kurzem Nachdenken recht. Stattdessen schlägt Florian einen Korpus aus Draht vor, der mit weißer Polsterwatte überzogen wird, ein angerautes, recht stabiles Polyesterflies.

Der Schnabel ließe sich recht einfach aus orangefarbenem Karton herstellen.

„Damit sich eine Person in der Gans verstecken kann, sollte sie hinten offenbleiben und auf eine Holzplatte mit kleinen Rädern montiert werden", erklärt Florian.

„Klingt alles sehr gut", antworte ich. „Hast du etwas Neues von Konstantin gehört?"

„Er hat in einem Saal der Universität mit den Orchesterproben begonnen, obwohl ihm jede Menge Musiker fehlen."

„Macht das dann überhaupt Sinn?", frage ich.

„Keine Ahnung. Es beunruhigt mich aber, dass wir nicht wirklich beurteilen können, ob die Entscheidungen, die er trifft, richtig sind."

„Das heißt, du traust ihm nicht?"

„Das heißt, wir kennen ihn einfach noch nicht wirklich gut."

„Ja, das ist wahr", sage ich.

„Er hat mir erzählt, dass er eine Regieassistentin gefunden hat."

„Eine Regieassistentin? Das ist im Augenblick wirklich nicht das Wichtigste", bemerke ich spitz.

„Vielleicht ist die ganze Sache auch eine Schnapsidee."

„Was meinst du?"

„Das Projekt" sagt Florian. „Der Cellist, der zu Konstantin gesagt haben soll, er sei größenwahnsinnig ..."

„Ja, ich erinnere mich."

„Ich meine: Sind wir nicht alle drei ein bisschen größenwahnsinnig?"

Wir sitzen wieder mit Konstantin im Café Campus nahe der Uni. Ich denke, es könnte für unseren regelmäßigen Austausch, der für das Projekt ja notwendig sein wird, zu unserem festen Treffpunkt werden. Zumindest bis wir einen geeigneten Probenraum gefunden haben, der uns bis zur Premiere auch sicher ist.

Konstantin blättert nervös und fahrig in seinen Unterlagen, um nach irgendetwas zu suchen, das er uns zeigen will. Ich habe nicht genau verstanden, worum es dabei geht, bin mit den Gedanken aber auch bei einer anderen Sache, die ich nun unbedingt klären möchte.

„Ich habe von Florian gehört, dass du mit den Orchesterproben angefangen hast", sage ich.

„Was?" Konstantin blickt mich kurz an, widmet sich dann aber wieder seinen Unterlagen.

„Ich habe gehört ..."

„Ja, wir haben schon mal losgelegt", bestätigt Konstantin etwas gereizt, ohne aufzusehen.

„Macht das denn Sinn, wenn die Besetzung des Orchesters noch gar nicht komplett ist?", frage ich.

„Du fragst, ob das, was ich mache, sinnvoll ist?"

„Ich meine nur ... – Du musst sieben möglichst gute Sängerinnen und Sänger auftreiben, außerdem so eine Art Chor ..."

„So eine Art Chor?", unterbricht mich Konstantin, und er wirkt nun extrem gereizt.

„Ein Chor, ja. Von dem du uns ganz beiläufig erzählt hast. Als wäre das alles kein Problem. – Außerdem hast du noch die Rezitative zu komponieren, und das Orchester ..."

„Hast du denn schon deine Schauspieler?", entgegnet Konstantin.

„Du brauchst sieben Personen und einen Chor. Ich benötige drei, und zwei Rollen davon habe ich bereits besetzt", antworte ich. „Constanze und Da Ponte."

„Oh ...!"

„Hast du schon einen einzigen Sänger oder eine Sängerin?"

„Ebenfalls zwei. Die Besetzung für Auretta und Chichibio." Konstantin wühlt immer noch in seinen Unterlagen. „Der Chichibio ist vielleicht stimmlich nicht die erste Wahl, aber er ist ein guter Komödiant. Was für die Rolle mindestens ebenso wichtig ist."

Für einen Moment hat Konstantin mich in der Tat überrascht. Ich habe nicht damit gerechnet, dass er mit der Besetzung der Gesangspartien schon begonnen hat. Dann aber lenke ich das Gespräch wieder auf die Frage, ob es nicht vernünftiger wäre, auf ein Orchester zu verzichten.

„Du hast doch offensichtlich massive Probleme, genügend Musiker zu finden."

„Bin ich denn unter Zeitdruck?"

„Nicht unbedingt, aber das Projekt ist auch ohne Orchester schon aufwändig genug."

Ich versuche, ihm klarzumachen, dass wir eine grundsätzliche Entscheidung treffen müssen, bevor wir uns auf die Suche nach einem geeigneten Aufführungsort begeben können. Eine Inszenierung mit Orchester würde letztlich auch eine weitaus größere Bühne erfordern.

„In Ordnung. Wenn ich bis Ende des Monats die Musiker für das Orchester nicht komplett habe, gebe ich nach. Das sind noch zwei Wochen. So lange werden wir ja wohl Zeit haben." Konstantin fischt endlich ein Blatt Papier aus seinen Unterlagen, in denen er fortwährend gewühlt hat. „Das habe ich gesucht", verkündet er und reicht uns das Blatt herüber.

„Was ist das?", fragt Florian.

„Ein Zitat von Mozart zu seiner Arbeit an der Oper."

Ich lese: *„Unter allen Opern die wehrender Zeit, bis meine fertig seyn wird aufgeführt werden können, wird kein einziger Gedanke einem von den meinen ähnlich seyn, dafür stehe ich gut!"*

„Famos, nicht wahr?" Konstantins Augen funkeln.

4

„Es hatte mehr etwas von einem Märchen", sagt Florian, als wir am späten Abend nach Ende der Vorstellung aus den Kammerspielen kommen.

„Du meinst wegen des Zauberers am Schluss?", frage ich ihn. „Dafür war das Ganze wohl etwas zu böse, findest du nicht?"

„Märchen sind oft böse. Für mich war dieses Mädchen Rotkäppchen, und der pädophile Sohn der Vermieterin war der böse Wolf."

„Der junge Zauberer wäre ein guter Mozart", werfe ich ein.

„Nicht wahr? Das habe ich auch gedacht."

„Wenn er nicht hinken würde", füge ich hinzu.

„Das war doch die Rolle, die er gespielt hat."

„Hoffentlich."

„Lass uns im Theater nachfragen!", schlägt Florian vor.

„Ob er wirklich hinkt?"

„Ob er unser Mozart werden möchte, natürlich."

„Die geben wahrscheinlich keine Telefonnummern heraus."

„Und wenn ich meinen Bekannten frage? Du weißt schon: der mir die Karten für heute Abend besorgt hat."

Warum eigentlich nicht, denke ich. Das Alter passt. Er wird Anfang dreißig sein. Sein Gesicht ist etwas rundlich, er ist aber dennoch schlank und relativ klein. Genau so stelle ich mir unseren Mozart vor. Doch wird sich ein Schauspieler, der an den Kammerspielen arbeitet, für ein freies Theaterprojekt interessieren, das finanziell alles andere als lukrativ ist?

„Lass uns noch irgendwo etwas trinken gehen", meint Florian.

Ich nicke, und wir laufen nebeneinanderher die Straße hinunter Richtung Alster. Ich nehme mir vor, am nächsten Tag im Theater anzurufen.

Die Arbeit an der Rahmenhandlung geht weiter, und ich bin inzwischen beim dritten Teil: Lorenzo Da Ponte besucht die Mozarts.

Lorenzo Da Ponte: Ihr Mann hat mir erzählt, dass Sie Mutter geworden sind. – Was macht eine junge, so bezaubernde Mama den ganzen Tag, wenn ihr Mann komponiert und das Kind schläft?

Da Ponte beginnt, ziemlich dreist mit Constanze zu flirten. Mozart betrachtet es mit Argwohn, versucht aber, seine Eifersucht zu verbergen.

Lorenzo Da Ponte: Sie wollten doch von Ihrer neuen Oper erzählen, Signor Mozart.

Mozart: „L'Oca del Cairo". Die Oper. Sie heißt „Die Gans von Kairo". Wie der Titel schon sagt, steht im Mittelpunkt der Oper eine Gans.

Lorenzo Da Ponte: Aus Kairo, nehme ich an. Soll sie auch singen, die Gans? Dann wird es schwierig, die Rolle zu besetzen.

Mozart: Oh, es gibt genügend Sängerinnen, die eine hervorragende Gans abgeben würden.

Während sich Da Ponte mit Charme und Esprit der jungen Constanze nähert, quält sich Mozart damit, die Handlung seiner Oper zu skizzieren. Da Ponte spart nicht mit spitzen Bemerkungen, und Mozart wird mehr und mehr deutlich, wie lächerlich die Ideen Varescos letztlich sind.

Mozart: Aber Sie sollten die Musik hören, die ich dafür schon im Kopf hab ...!

Das Telefon klingelt.

„Hier ist Konstantin."

„Hallo. Was gibt's Neues?"

„Es geht nochmal um das Orchester", sagt er. „Ich habe mich entschlossen, davon Abstand zu nehmen. Du hast ja recht. Das wird alles zu aufwändig, und letztlich ist es in der Tat eine Probensituation. Ein Korrepetitor genügt also völlig."

„Freut mich, dass ich dich überzeugen konnte", antworte ich und packe meine Skizzen für die Rahmenhandlung beiseite, um mich auf Konstantin konzentrieren zu können.

„Ich habe bereits eine Pianistin, die in Frage käme. Sie hat auch Interesse signalisiert."

„Dann kannst du dich jetzt ja ganz auf die Rezitative konzentrieren."

„Das habe ich vor."

Konstantin möchte wissen, ob es meinerseits etwas Neues zu berichten gibt, und ich erzähle ihm, dass wir in den Kammerspielen ein Stück mit dem Titel *Das*

Mädchen am Ende der Straße gesehen haben. Und dass uns darin ein Schauspieler aufgefallen sei, der unser Mozart werden könnte.

„Ich hatte im Theater meine Telefonnummer hinterlassen und darum gebeten, sie an den Schauspieler weiterzugeben. Er hat sich tatsächlich umgehend gemeldet, und ich werde mich übermorgen mit ihm treffen."

„Wie heißt er denn?"

„Lukas. Lukas Blome."

„Glaubst du denn ernsthaft, dass ein Profi Interesse daran haben könnte, bei uns einzusteigen?"

„Keine Ahnung, aber ich würde schon gern mit Profis arbeiten, wenn es irgendwie möglich ist", antworte ich und wundere mich darüber, dass Konstantin offensichtlich keine sehr großen Erwartungen hegt, was unser Projekt betrifft.

Am Wochenende nehme ich mir vor, mich erstmals konkret mit einem möglichen Aufführungsort zu beschäftigen. Vielleicht, so hoffe ich, ergibt sich daraus auch ein fester Platz zum Proben. Ich suche nach einer Adresse, die nicht explizit das oft eher konservative Opernpublikum anlockt, sondern möglichst viele unterschiedliche Genres bedient. Unkonventionell und experimentierfreudig. Ziemlich schnell stoße ich auf die ehemalige Markthalle am Hauptbahnhof, die jetzt als Veranstaltungszentrum genutzt wird und regelmäßig Rockkonzerte präsentiert, aber auch Comedy und Theaterprojekte von Absolventen des Studiengangs Regie an der hiesigen Hochschule. Ich bin selbst schon oft als Zuschauer dort gewesen und weiß, dass das Haus über ein flexibles Raumkonzept verfügt, welches bis zu 400

Besuchern Platz bietet, aber auch mit lediglich 100 belegten Plätzen gut gefüllt wirkt.

Später ruft eine gewisse Lisa bei mir an, und wie sich herausstellt, ist sie die Regieassistentin von Konstantin. Sie erzählt mir, dass sie ebenfalls Musikwissenschaften studiert und sich in unserem Projekt – anders als es Konstantin vermittelt hat - eher als Dramaturgin versteht.

„Ich habe wegen der Perücken mit der Oper telefoniert, und ich müsste jetzt von dir wissen, was wir diesbezüglich für den Schauspielteil benötigen."

„Ah ...! Schön, dass du dich darum kümmerst. Wir brauchen drei Perücken", antworte ich. „Eine Damenperücke und zwei Herrenperücken. Mozart sollte mit seiner Perücke auch herumspielen können, das heißt, sie darf nicht auf dem Kopf fixiert sein. Er muss sie zwischendurch abnehmen und wieder aufsetzen können."

Lisa notiert meine Wünsche.

„Hat die Oper denn signalisiert, dass sie grundsätzlich Perücken verleiht?", frage ich.

„Es sieht ganz gut aus", meint sie. „Die Anzahl, die wir insgesamt benötigen, könnte ein Problem sein."

„Kann ich mir vorstellen. Drei für uns und für Konstantin wahrscheinlich sieben."

„Abgesehen davon weigert sich einer der Sänger, überhaupt eine Perücke aufzusetzen. Er findet das albern. Da müssen wir also noch Überzeugungsarbeit leisten."

„Habt ihr denn inzwischen weitere Sänger für das Projekt gewinnen können?"

„Ja, ich habe ein bisschen herumgefragt. Letztlich war das gar nicht so schwierig", sagt Lisa. „Wir haben alle sieben Rollen besetzt."

„Konstantin hatte doch ziemliche Probleme, passende Sänger zu finden."

„Davon weiß ich nichts."

„Wie auch immer. Schön, dass die Besetzung komplett ist."

Lisa fragt, wo denn geprobt wird. Konstantin sei der Frage bislang immer ausgewichen. Ich erkläre ihr, dass ich gerade mit der Suche nach geeigneten Räumen begonnen habe.

„Dann drücke ich die Daumen. Und ich freue mich, euch kennenzulernen. Dann bekommst du von mir auch eine Besetzungsliste, was den Opernteil betrifft."

Ich stehe vor den Kammerspielen und warte auf Lukas Blome. Es ist bereits später Abend. Die Vorstellung müsste seit ein paar Minuten beendet sein. Er hatte vorgeschlagen, dass wir uns im Anschluss vor dem Eingang des Theaters treffen und irgendwo etwas trinken gehen. Ich betrachte die Fotos in den erleuchteten Schaukästen. Die junge Frau, die in dem Stück das Mädchen spielt, wäre auch eine gute Constanze gewesen, überlege ich. Hier spielt sie eine Dreizehnjährige, ist aber sicher Anfang zwanzig. Da ich Melissa schon etwas länger kenne, war es natürlich naheliegend, *sie* für die Rolle zu nehmen. Doch sollte man nicht versuchen, alle Positionen so perfekt und professionell wie möglich zu besetzen? Ohne Rücksicht auf private Sympathien, die einem möglicherweise in der gemeinsamen Arbeit sogar im Weg stehen könnten? Andererseits ist es in einem freien Theaterprojekt vielleicht besser, mit Menschen zusammenzuarbeiten, die einem vertraut sind.

In diesem Augenblick kommt ein Mann aus dem Bühneneingang. Erst als das Licht einer Straßenlaterne auf sein Gesicht fällt, erkenne ich, dass es der Darsteller des pädophilen Sohnes der Vermieterin ist. Den richtigen Namen des Schauspielers habe ich vergessen. Gleich dahinter folgt eine weitere Person, die lächelnd auf mich zukommt. Es ist Lukas Blome, und er sieht genauso aus, wie ich ihn als Zauberer in Erinnerung habe: Ein kleiner Mann mit rundlichem Gesicht. Er trägt Jeans, eine Windjacke mit einem Schal, den er sich um den Hals gewickelt hat – und er hinkt nicht!

„Hallo. Ich bin Lukas.“

Er reicht mir die Hand zur Begrüßung und schlägt dann vor, dass wir in die Bar auf der gegenüberliegenden Straßenseite gehen. Ich stimme zu und folge ihm.

Als wir eintreten, begrüßt uns ein auffallend attraktiver junger Mann, der hinter dem Tresen das Bier zapft und uns freundlich zunickt. Im hinteren Teil des Raumes amüsiert sich ein Pärchen mittleren Alters. Ansonsten ist es leer. Wir setzen uns an einen Tisch nahe des Eingangs und bestellen zwei Bier.

„Also, worum geht es?“, fragt Lukas und blickt mich erwartungsvoll an.

„Wir suchen einen Mozart.“

Ich erzähle ihm von unserer Idee und informiere ihn auch über den aktuellen Stand unserer Arbeit. Lukas hört mir aufmerksam zu. Ich gestehe ihm auch, dass wir alle drei noch nie Theater gemacht haben, was ihn aber nicht zu stören scheint.

„Klingt doch interessant“, sagt er, als ich meine Ausführungen beendet habe, und lächelt. „Aber wieso gerade *ich*?“

„Ich finde, du hast Ähnlichkeit mit ihm. So weit überliefert ist, wie er wirklich aussah. Es gibt ja nur ein paar Gemälde, und wie man weiß, haben damals viele Maler mit Rücksicht auf ihr Modell die Porträts sehr wohlwollend ausgeführt."

„Ich erinnere mich vor allem an die Abbildung auf dem Stanniolpapier, in das die Mozartkugeln eingewickelt sind."

„Mozart war auf jeden Fall nicht sehr groß, hatte aber wohl ziemliche Glubschaugen ..."

„Oh, danke."

„... und Pockennarben. Aber so genau müssen wir es denn mit der Historie ja nicht nehmen, denke ich."

„Hauptsache, ich darf singen."

„Nein", antworte ich. „Dafür haben wir Sänger."

„Schade."

„Hättest du denn überhaupt Zeit?", frage ich ihn. „Ich meine, weil du doch hier an den Kammerspielen engagiert bist."

„Ich habe nur einen Stückvertrag. Wenn *Das Mädchen am Ende der Straße* abgespielt ist, bin ich frei."

Ich nicke erleichtert. „Aber da gibt es noch etwas", füge ich dann vorsichtig hinzu. „Wir können während der Proben nichts bezahlen."

„Das ist an einem Haus wie den Kammerspielen auch nicht anders. Während der Probenzeit gibt es kein Geld, sondern nur später pro absolvierte Vorstellung."

„Das wird bei uns dann hoffentlich auch möglich sein."

„Ach, das spielt erstmal keine Rolle", beruhigt mich Lukas. „Das Projekt klingt spannend. Und ich hätte endlich mal eine schöne Hauptrolle."

Lukas erzählt von seinen letzten Engagements, die er alle an kleineren Theatern hatte. Er erzählt, wie schwierig es ist, fest in ein Ensemble aufgenommen zu werden. Die Konkurrenz sei einfach sehr groß. Es gehe ihm letztlich eben weniger um das Geld, sondern im Augenblick vor allem um das Spielen. Schließlich verspreche ich ihm, dass ich ein Treffen zusammen mit Melissa und Fabrizio organisieren werde, und ich sichere ihm zu, dass er baldmöglichst den Text erhält, der ja noch in Arbeit ist.

„Kriegen wir hier eigentlich nichts zu trinken?", fragt Lukas plötzlich und dreht sich zu dem jungen Mann hinter der Bar.

Mittlerweile habe ich mit dem Leiter der Markthalle am Hauptbahnhof telefoniert und ihm von unserem Projekt erzählt. Er findet unsere Idee grundsätzlich interessant, wie er mir sagte, äußerte allerdings Bedenken, da wir alle drei keinerlei Theatererfahrung besitzen. Die Tatsache, dass drei professionelle Schauspieler beteiligt sind, weckte jedoch sein Vertrauen, und er schlug vor, uns zu einer Leseprobe einzuladen. Auf diese Weise würde er die Schauspieler ein wenig kennenlernen und sich einen Eindruck von der Qualität des Stückes machen können. Falls seine Entscheidung dann positiv ausfallen würde, bekämen wir 70 Prozent der Abendeinnahmen. Einen Probenraum könnte er uns dann ebenfalls zur Verfügung stellen.

Als ich Konstantin und Florian davon erzähle, sind beide überrascht. Florian eher positiv, Konstantin jedoch zweifelt, ob der Ort für das Projekt angemessen sei.

„Ist das nicht eine Nummer zu groß?", fragt er. „Wer weiß denn, ob wir nicht auf halber Strecke aufgeben müssen? Und dann ist es womöglich nicht so einfach, aus dem Vertrag mit der Markthalle wieder rauszukommen."

5

Ich arbeite an dem letzten Teil der Rahmenhandlung. Noch immer ärgert sich Mozart ein wenig über Da Pontes unverschämtes Verhalten Constanze gegenüber. Wenn man Gast in einem Hause ist, sollte man nicht mit der Frau des Gastgebers flirten. Die beiden Männer sind nun wieder unter sich. Da Ponte gibt sich demonstrativ gut gelaunt und völlig entspannt.

Lorenzo Da Ponte: Was halten Sie von einer Oper über Don Juan? Ja, einem Frauenverführer, einem Scharlatan, der gerade wegen seiner scheinbar schlechten Eigenschaften von den Frauen angehimmelt wird. Ich überlege, darüber ein Libretto zu schreiben. In italiano naturalmente: Don Giovanni.

Mozart: Eine Oper über einen Frauenhelden. So. Wollen Sie die Hauptrolle darin singen?

Lorenzo Da Ponte: Tragen Sie mir den kleinen Flirt mit ihrer lieben Frau nicht nach, Signor Mozart. Nehmen Sie es ... – als Kompliment.

Mozart hat längst kapiert, dass ihn die Arbeit mit Varesco in eine Sackgasse manövriert hat. Da Ponte könnte ihn aus der vertrackten Situation befreien. Doch zu einfach möchte es Mozart ihm nicht machen.

Mozart: Was die Oper angeht ...

Lorenzo Da Ponte: Ja?

Mozart: Ich dachte an Beaumarchais.

Lorenzo da Ponte: Sie meinen diesen Mann, der in Paris den Adel gegen sich aufbringt?

Mozart: Ich meine seine Komödie „Le mariage de Figaro". Von Ihnen ins Italienische übertragen.

Lorenzo Da Ponte: Sie wollen provozieren. Mehr nicht. Und auf so etwas soll ich mich einlassen? - Ein Kammerdiener, der seinem Herrn die Geliebte ausspannt ...! „Was haben Sie denn geleistet, Herr Graf? Sie haben sich die Mühe gemacht, geboren zu werden."

Mozart: Es geht mir doch nicht um Politik. Es geht um Liebe ...!

Sie tauschen Ideen miteinander aus, und indem sie ihre Einfälle und Überzeugungen mit zunehmender Leidenschaft gemeinsam weiterentwickeln, finden sie schließlich zusammen.

Mozart: Eines ist klar: „Die Gans von Kairo" bleibt in der Schublade. Fragmente zu hinterlassen, hat auch seinen Reiz.

Lorenzo Da Ponte: Ich werde mir das Buch von Beaumarchais besorgen.

„Worum geht es denn in der Schauspielerei? Du möchtest für den Zuschauer möglichst authentisch wirken. Und ich muss sagen, dass mir die Workshops im Actors Studio dabei unglaublich geholfen haben." Fabrizio schnauft vor innerer Erregung.

Ich sitze mit meinen drei Schauspielern in einer Espresso-Bar an der Alster. Es ist unsere erste gemeinsame Begegnung. Melissa und Fabrizio haben Lukas zur

Begrüßung überraschend herzlich umarmt. Fast so, als würden sie sich schon lange kennen. Ich denke, Schauspieler zelebrieren untereinander gern diese vermeintliche Offenheit, weil sie gelernt haben, sich auf Zuruf eines Regisseurs in die intimsten Szenen mit einem anderen, eigentlich fremden Menschen zu stürzen. Gleichzeitig aber spüre ich – insbesondere zwischen Lukas und Fabrizio - eine innere Distanz. So oder so ähnlich könnte es gewesen sein, denke ich, als Mozart und Da Ponte das erste Mal aufeinandergetroffen sind. Man kennt sich noch nicht, will aber miteinander arbeiten. Jeder möchte dem Gegenüber zeigen, wie gewissenhaft und professionell er sich einer Sache widmet. Es geht darum, Gemeinsamkeiten, aber auch Differenzen zu ergründen.

„Stanislawski war es dabei wichtig, dass man als Schauspieler möglichst viel über das Umfeld seiner Rollenfigur erfährt." Fabrizio greift nach seiner Tasse, führt sie zum Mund, um zu trinken, setzt sie dann aber wieder ab. Schon eine ganze Weile redet er über den Mann, der Ende des 19. Jahrhunderts in Moskau das Theater reformiert hat. Viel mehr weiß ich persönlich nicht über diesen Stanislawski und kenne auch nicht seine Arbeitsweise, die für Fabrizio aber sehr wichtig zu sein scheint.

„*Animal Work* finde ich auch sehr hilfreich bei der Rollenentwicklung", mischt sich Melissa ein. „Ich hatte dir davon erzählt", sagt sie mit Blick zu mir. „Robert De Niro zum Beispiel hat bei der Arbeit an seiner Figur in *Taxi Driver* an einen Krebs gedacht."

„Wenn Stanislawski zum Beispiel Shakespeares *Othello* inszeniert hat", fährt Fabrizio fort, ohne auf Melissa einzugehen, „dann hat er seine Leute sogar zu Lokalstudien nach Zypern geschickt. Für die Ausstattung eines Stückes von Ibsen wurde Interieur aus Norwegen importiert. Und selbst eine Tasse Tee auf der Bühne war bei ihm immer echter Tee."

„Ich brauche keinen Tee, um glaubhaft spielen zu können, dass ich eine Tasse Tee trinke", entgegnet Lukas. „Das funktioniert auch, wenn ich Kaffee in meiner Tasse habe."

„Weil alles, was du tust, von deinen persönlichen Erlebnissen und Erfahrungen beeinflusst ist", kontert Fabrizio. „Sie haben dich geprägt."

„Das emotionale Gedächtnis, wie Stanislawski es genannt hat. Ich weiß."

„Und mit Konzentrationsübungen, die er entwickelt hat, kannst du lernen, dieses emotionale Gedächtnis für deine Arbeit effektiv zu nutzen."

„Ich bin vom Gegenteil überzeugt", sagt Lukas. „Ich glaube, das ist einer der Irrtümer von Stanislawski. Vielleicht kommen die Emotionen im Spiel ja von selbst, aber man darf sie nicht bedienen. Nie! Weil es dann pathetisch und unglaubwürdig wird."

„Unglaubwürdig?" Fabrizio rollt mit den Augen. „Es wird dadurch wahrhaftig."

„Es wird unglaubwürdig in dem Sinne, dass es nicht dem Leben entspricht. Wir sollen unsere Emotionen beherrschen. Wir sollen das Leben unter Kontrolle behalten. Das ist das, was uns gelehrt wird. Der Mensch, der mich am meisten berührt, ist immer ein Mensch, der seine Emotionen verdrängt. Weil das ist am menschlichsten."

„Man kann doch einen Menschen sowieso nur bis zu einem gewissen Grad ... Man kann sich ja auch nicht selber darstellen", wirft Melissa ein. „Man kennt sich ja letztendlich gar nicht. Letztendlich kennst du dich nicht. Ich weiß nicht, wie ich in entscheidenden Grenzsituationen reagieren würde. Keine Ahnung. – Und mit der Selbsterkenntnis ist das ja auch so eine Sache."

Abrupt bricht das Gespräch ab. Stumm blicken wir einander an.

„Bringen Sie uns bitte noch vier Espressi", ruft Fabrizio plötzlich dem Kellner zu, und auf einmal hat sich die Anspannung zwischen uns spürbar gelöst.

„Was sagt ihr denn nun zu meinem Text?", frage ich unvermittelt, um die Gelegenheit zu nutzen.

„Ja, kann man mit arbeiten", antwortet Fabrizio mit einem jovialen Unterton und lächelt.

„Wann fangen wir an?", möchte Lukas wissen, und ich erzähle von der Vereinbarung, die ich mit dem Leiter der Markthalle getroffen habe.

„Wir sollten gemeinsam eine Leseprobe machen, bevor wir uns damit in der Markthalle blicken lassen", schlage ich vor.

„Ich denke, das können wir vor Ort auch improvisieren", antwortet Fabrizio. Lukas und Melissa stimmen ihm zu.

Ich habe ein gutes Gefühl.

„Diese Lisa hat mich gestern übrigens angerufen." Florian schaut kurz zu mir auf und stochert dann wieder in seiner Pizza vegetale.

„Sie ist nett, findest du nicht?", frage ich ihn.

Wir sitzen uns in meiner Küche gegenüber, hatten uns für den Abend zum Essen verabredet, und Florian wollte nicht ins Restaurant, sondern lieber zu mir nach Hause kommen.

„Ja, sie macht einen guten Eindruck."

„Was wollte sie von dir?"

„Sie hat mir erzählt, dass sie in der Oper einen jungen Mann kennengelernt hat, der dort als Theaterplastiker arbeitet. Jonas heißt er, und er würde uns helfen, die Gans zu bauen."

„Oh ...! Eine gute Nachricht, oder?"

„Ja, ihm gefiel die Idee mit der Riesengans. – Und Konstantin hat an der Uni mit den Gesangsproben begonnen. Lisa meinte, sie könnten dort einen Raum nutzen, in dem ihnen ein Klavier zur Verfügung steht. Und es läuft wohl ganz gut."

„Möchtest du mehr Wein?", frage ich ihn, als er sein geleertes Glas zurück auf den Tisch stellt. Florian winkt ab. Er müsse ja noch fahren.

„Du kannst hier übernachten", schlage ich vor.

Er grinst, sagt aber nichts.

„Hat sie die Perücken erwähnt?"

„Ja, das klappt wie geplant."

„Die Frau ist gut. Ich freue mich darauf, sie kennenzulernen."

Florian nickt und schiebt dann seinen Teller beiseite, auf dem noch die Hälfte seiner Pizza liegt.

„Schmeckt es dir nicht?"

„Doch. Superlecker wie immer."

„Du magst keine Artischocken."

„Warum packst du die dann drauf?"

„Ich dachte, ich versuche es einfach nochmal. Menschen ändern sich."

Jetzt zieht er die Augenbrauen hoch.

„Willst du meine Auberginen?"

„Ich habe mir Gedanken über die Opernbühne gemacht."

„Lass hören."

„Wir können uns auf den Platz vor dem Haus des Marchese beschränken. Umbauten brauchen wir dann nicht. Es gibt einen Eingang mit zwei Flügeltüren, links und rechts davon jeweils einen kleinen Turm, und der Rest ist die angedeutete Mauer des Hauses."

„Etwas aufwändig, oder?"

„Nein, überhaupt nicht. Das kann alles sehr leicht und luftig sein. Attrappen eben."

„Aber gebe bloß noch kein Geld aus. Lass uns abwarten, ob wir die Zusage der Markthalle bekommen. Dann kannst du meinetwegen loslegen."

Ich räume die Teller ab, und wir gehen hinüber zum Sofa, in dem wir es uns nebeneinander bequem machen. Dann erzähle ich Florian von meinem Treffen mit den drei Schauspielern, von ihren Diskussionen über Stanislawski, Wahrhaftigkeit auf der Bühne und den Versuch, sich in einen Krebs zu verwandeln. Florian befürchtet, es könnte mit den Schauspielern unnötig kompliziert werden. Das hoffe ich nicht, denke ich im nächsten Augenblick, spreche es aber nicht aus.

„Ich habe übrigens nächste Woche den Termin mit den Schauspielern in der Markthalle", sage ich dann. „Willst du mitkommen?"

„Macht ihr das mal allein", antwortet Florian.

„Stürmer, ich grüße Sie." Der Leiter der Markthalle reicht uns nacheinander die Hand. Mit Blick auf Melissa, Fabrizio und Lukas fügt er dann hinzu: „Im Fernsehen habe ich aber noch niemanden von Ihnen gesehen, oder?"

Schweigen.

„Ich meine nur. Weil ich gehört habe, dass Sie Profis sein sollen."

„Wir sind Theaterschauspieler", antwortet Lukas.

„Ja, gut. Macht nichts. Sie haben etwas vorbereitet?"

Er führt uns durch enge, dunkle Gänge in einen kleinen Raum, der mich an eine leergeräumte Stube erinnert. Auf dem Boden klebt grauer Nadelfilz, die Fenster an der hinteren Wand des Raumes sind offensichtlich seit Jahren nicht geputzt worden. Die Einrichtung besteht aus einem alten, abgewetzten Sofa und drei schlichten Stühlen.

„Sie können diesen Raum gern kostenlos zum Proben nutzen, falls wir zusammenkommen", erklärt er uns.

„Ja, das wäre super", sage ich und merke gleichzeitig, dass ich nicht sehr euphorisiert klinge. Dennoch wäre der Raum für uns eine große Hilfe, denke ich. Vor allem aus Mangel an Alternativen.

„Sie wollen mir aus dem Stück etwas vorlesen?", fragt Herr Stürmer und setzt sich erwartungsvoll auf die Fensterbank.

Ich nicke, und mit einer Handbewegung deute ich meinen drei Schauspielern an, sich auf den Stühlen zu verteilen. Dann setze ich mich auf das Sofa.

Melissa, Fabrizio und Lukas schauen sich kurz an, nehmen dann Platz und holen ihre Textbücher hervor.

„Wir lesen aus der Szene, in der Da Ponte das Ehepaar Mozart zuhause besucht", erkläre ich Herrn Stürmer. „Mozart arbeitet an seiner Oper *Die Gans von Kairo*, ist damit aber unzufrieden. Er würde lieber mit Da Ponte ein neues Projekt beginnen, hält sich aber mit diesem Wunsch zurück, da er das Interesse Da Pontes an einer Zusammenarbeit nicht einschätzen kann."

„Aha. – Na, dann ...!"

„Liest du die Regieanweisungen?", fragt Lukas mit Blick zu mir.

Ich nicke und hole ebenfalls mein Textbuch heraus.

3. Szene. Constanze in einem prächtigen Kleid, das sie gerade anprobiert. Mozart und Da Ponte kommen herein.

Mozart: Willst du ausgehen?

Constanze: Nein. Ich will nur sehen, ob mir das Kleid für die Reise nach Salzburg noch passt.

„Ich muss dazu erklären, dass Constanze in der ersten Szene schwanger war", sage ich.

Herr Stürmer nickt.

Mozart: Ich habe uns Besuch mitgebracht.

Lorenzo Da Ponte: Guten Tag, Frau Mozart. Ich freue mich, Sie zu sehen. Ein so reizendes, bezauberndes ...

Mozart: Erinnerst du dich an Signor Da Ponte, diesem Schmeichler?

Wir lesen eine knappe Viertelstunde. Dann unterbricht Herr Stürmer, indem er abrupt aufsteht. Wir blicken ihn gebannt an.

„Ja", sagt er. „Gefällt mir so weit. Sie werden ja noch etwas dran arbeiten."

„Ja, sicher."

„Aber wird nicht auch gesungen?", fragt er dann.

„Doch, natürlich", antworte ich und skizziere ihm kurz den Inhalt der Oper.

„Die Gans wird es bei Ihnen tatsächlich geben?" Herr Stürmer kann es kaum glauben.

„Die Gans wird es tatsächlich geben", versichere ich ihm. „Ein Theaterplastiker von der Oper wird daran mitarbeiten."

Der Chef der Markthalle ist nun sichtlich beeindruckt. „Der leibhaftige Mozart und eine schnatternde Riesengans gemeinsam auf der Bühne: Das klingt doch erfolgversprechend", stellt er fest.

„Nun, es ist nicht der leibhaftige Mozart", wirft Lukas ein.

„Nein, natürlich nicht. Aber gewissermaßen Mozart in Person. Und Mozart ist doch so oder so immer ein Zugpferd."

Wir nicken, und Herr Stürmer reicht uns die Hand.

„Abgemacht."

6

Ich stehe vor der Tür des Probenraums, den Konstantin mit seinem Ensemble in der Universität bezogen hat. Der Gesang, der schon hier im Gang zu hören ist, klingt kräftig und heiter. Ich klopfe. Niemand reagiert, also öffne ich unaufgefordert, und mein Blick fällt im nächsten Augenblick auf eine Gruppe von jungen Sängerinnen und Sängern in Jeans und T-Shirt, die in dem kleinen Saal um das Klavier herumstehen. Sie bemerken mich immer noch nicht. Als ich nähertrete, löst sich eine Frau aus der Gruppe, die lächelnd auf mich zukommt.

„Hallo, ich bin Lisa."

Ich stelle mich ebenfalls vor.

„Ist Konstantin nicht hier?", frage ich sie.

„Er kommt etwas später", antwortet Lisa. Sie hat ein hübsches, vielleicht etwas zu strenges Gesicht, das nicht zu ihrer Freundlichkeit passt, die sie ausstrahlt. Ihre brünetten, langen Haare hat sie hinten zu einem Knoten zusammengebunden.

„Wir proben gerade das Quartett der beiden Liebespaare", erklärt sie mir. „Das ist der Moment, wo Biondello und Calandrino ihren beiden Angebeteten ihre Liebe versichern."

„Angebeteten?"

„Die Frauen, in die sie verliebt sind."

„Ja, ich weiß, was das Wort bedeutet. Es klingt nur so ... altmodisch."

Abrupt verstummt der Gesang, und die Sängerinnen und Sänger drehen sich zu uns um, von unserem Gespräch sicher gestört. Ich grüße freundlich in die Runde, und Lisa stellt mich vor.

„Ich würde gern ein bisschen zuhören", sage ich. Allgemeines Einverständnis. Also setze ich mich auf einen Stuhl am Rande des Raumes. Lisa reicht mir ein Blatt mit dem Text des Quartetts, auf dem neben dem italienischen Original auch eine deutsche Übersetzung abgedruckt ist.

Celidora: Also heute, ihr Götter, lasst ihr mich auf meine teure Freiheit hoffen ...!

Biondello: Hier bin ich, mein geliebter Augenstern. – Heute Abend werden wir alle über Don Pippo lachen!

Der Text erscheint mir – zumindest in der deutschen Übersetzung – etwas zopfig. In italienisch klingt er besser, wahrscheinlich nur deshalb, weil er für mich dann wirklich nur noch klingt, ich ihn aber nicht verstehe. Nun wird auch wieder gesungen, und da bemerke ich erstmals die Pianistin, die ganz auf das Quartett fokussiert ist und dabei fast unsichtbar bleibt, so sehr nimmt sie sich selbst zurück. Alle sind Anfang bis Mitte zwanzig. Einer der Sänger ist ziemlich dünn und groß. Ob er es wohl ist, der keine Perücke tragen möchte, frage ich mich einen Moment. Seine Partnerin wirkt neben ihm klein und rundlich. Doch sie hat etwas Keckes in ihrer Mimik, das mir gefällt. Bei dem anderen Paar ist der Eindruck geradezu entgegengesetzt. Er ist kleiner und molliger, sie schlank und einen Kopf größer.

Plötzlich wird die Tür von außen aufgestoßen und Konstantin stürzt herein. Er blickt hektisch um sich, und seine Miene verfinstert sich sofort.

„Was ist denn *hier* los?", ruft er leicht hysterisch in den Raum. Der Gesang verstummt erneut, und alle drehen sich aufgeschreckt zu ihm um.

„Hallo, Konstantin", begrüßt ihn Lisa freundlich und mit vergleichsweise leiser Stimme.

„Eigentlich sollte doch das erste Duett mit Auretta und Chichibio geprobt werden", bellt Konstantin.

„Die beiden sind noch nicht da, und ich dachte, wir könnten erstmal an dem Quartett arbeiten", rechtfertigt Lisa ihre Entscheidung.

„Und wieso sind die beiden noch nicht da?" Konstantin schaut ungnädig auf seine Uhr.

„Du bist ja auch nicht pünktlich", antwortet der kleine, etwas mollige Sänger.

Konstantin ringt nach Worten.

„Lass uns doch jetzt das Quartett proben. Wo ist das Problem?" Lisa bleibt gelassen und versucht mit einer Geste, die Sängerinnen und Sänger zu besänftigen.

„Nochmal ab *Un bell'imbroglio*, bitte."

Lisa gibt den Einsatz, und das Quartett beginnt wieder zu singen.

„So kannst du nicht mit den Leuten umgehen!", ermahnt Lisa Konstantin, als ich mit den beiden nach der Probe allein in dem Saal bin.

„Aber es kann doch hier nicht jeder machen, was er will", rechtfertigt er sich.

„Du vergisst, dass sie alle freiwillig hier sind und keine Gage bekommen."

„Das haben sie alle akzeptiert. Und dann erwarte ich auch, dass sie sich an die Verabredungen halten. Sonst können wir das hier alles vergessen." Konstantin schnaubt wieder vor Wut.

„Vielleicht genügt es schon, wenn du deinen Ton etwas mäßigst", schlägt Lisa vor.

„Was soll das denn jetzt heißen?"

„Konstantin, lass es gut sein", mische ich mich ein. „Es ist doch nichts passiert."

„Ich werde mit den beiden reden, und dann proben wir das Duett Auretta/Chichibio das nächste Mal gleich zuerst", fügt Lisa hinzu.

„Wir müssen aber nochmal allen Beteiligten gegenüber klarstellen, dass das so in Zukunft nicht geht."

„Ja, sicher."

Konstantin fehlt es an Einfühlungsvermögen, denke ich. Ihm fehlt es an Souveränität und Gelassenheit. Gut, dass er Lisa hat.

„Jeder nimmt einen Stuhl und sucht sich einen Platz in dem Raum."

Ich habe mich mit Melissa, Fabrizio und Lukas zur ersten Probe in der Markthalle getroffen. Unaufgefordert gibt Fabrizio gleich zu Beginn Anweisungen, die er als Einstieg in die szenische Arbeit für unabdingbar hält. *Stuhlentspannung* nennt er es. Melissa und Lukas wissen sofort, worum es geht.

„Man setzt sich auf seinen Stuhl und nimmt eine entspannte Haltung ein, ohne Arme und Beine zu verschränken", erklärt er mir. „Dann schließt man die Augen und konzentriert sich nach und nach auf jeden einzelnen Körperteil, um ihn nach möglichen Verspannungen zu untersuchen. Dabei atmet man tief ein und aus, und wenn man eine Verspannung spürt, dann versucht man sie beim Ausatmen zu lösen und stößt dabei einen langgezogenen Ton aus."

Melissa und Lukas benötigen seine Erklärungen offensichtlich nicht. Sie wissen, was zu tun ist. So sitze ich in diesem tristen Raum mit drei Menschen zusammen, die auf ihren Stühlen in sich versunken Töne von sich geben, und ich fühle mich merkwürdig deplatziert. Ich bin der Regisseur, denke ich. Obwohl ich diese Art von Arbeit noch nie gemacht habe. Mir gegenüber drei Profis. Ich muss mich positionieren. Was ist meine Aufgabe? Wie bringe ich mich ein, setze ich mich durch?

Melissa, Fabrizio und Lukas geben mit geschlossenen Augen und völlig entspannt auch nach 15 Minuten immer noch Töne von sich. Ich werde unruhig, wage aber auch nicht, die Zeremonie zu unterbrechen. Soll ich einfach hinausgehen, um sie nicht zu stören? Wird eine Anweisung von mir erwartet, und wenn ja: wann?

Wie verabredet öffnen alle drei plötzlich die Augen und richten sich auf. Sie sehen mich erwartungsvoll an.

„Mit welcher Szene wollen wir beginnen?", fragt Lukas.

„Gleich mit der ersten Szene", antworte ich. „Falls es euch recht ist."

„Du bist der Regisseur", sagt Fabrizio, und Melissa und Lukas widersprechen ihm nicht. Habe ich da einen ironischen Unterton gehört? Ich versuche, meine Unsicherheit zu überspielen.

„Constanze liegt auf dem Sofa und blättert ..."

„Ich nehme erstmal eine Zeitung, die ich mir mitgebracht habe", unterbricht mich Melissa und legt sich hin.
„Es wäre gut, wenn ich zu einer der nächsten Proben
schon ein Kissen oder so etwas bekommen könnte. Dann
kann ich meine Schwangerschaft besser nachempfin-
den."

Ich nicke.

„Mozart hockt eigentlich an seinem Schreibtisch und
blättert in einem der Libretti, die vor ihm liegen", erkläre
ich Lukas.

Wir haben allerdings noch keinen Tisch im Probenraum.

„Ich nehme mir einfach einen der Stühle", schlägt Lukas vor.

Fabrizio zieht sich zum Fenster zurück. Mir fällt dann
auf, dass niemand sein Textbuch in der Hand hält. Wie
sich einen Moment später herausstellt, haben sie die Dialoge bereits auswendig gelernt.

„Nicht zu fassen ...!", beginnt Melissa, während sie in
ihre Zeitung vertieft zu sein scheint. Aus den Augenwinkeln aber blickt sie zu Lukas hinüber, um zu prüfen,
ob er auf sie reagiert. Doch er ist mit einem Libretto beschäftigt.

„In Versailles dreht sich nunmehr wohl alles um die
Frisuren, wenn es um die Damentoilette geht. Stell dir
nur vor, Wolferl ...!"

Wieder sieht sie zu ihm hinüber, doch er zeigt keine
Reaktion.

„Eine Duchesse hat sich gar eine Fregatte mit gesetz-
ten Segeln als Kopfputz machen lassen. Eine andere
überraschte auf einer Gesellschaft mit einem Spring-
brunnen im Haar und mit einer Miniatur ihres Lieb-
lingspapageis."

Lukas schaut kurz auf und sieht zu Melissa hinüber, wirkt dabei aber abwesend.

„Man sagt, der Kopfputz mancher Damen sei so gigantisch, dass sie in der Kutsche auf dem Boden sitzen und den Kopf zum Fenster hinausstrecken müssen. Und beim Tanzen haben sie stets darauf zu achten, dass sie nicht mit einem der Kronleuchter kollidieren und Feuer fangen."

„Entschuldige", unterbricht Fabrizio. „Ich möchte Constanze sehen, aber ich sehe Melissa."

Melissa schaut verunsichert in die Runde.

„Du bist schwanger. Du fühlst dich von deinem Mann vernachlässigt. Einerseits freust du dich auf dein erstes Kind. Andererseits hindert dich die Schwangerschaft daran, schöne Kleider zu tragen und auszugehen."

„Ich weiß", sagt Melissa.

„Eben. Du weißt es, aber du spielst das nicht", meint Fabrizio.

„Können wir einfach erstmal ein bisschen ausprobieren, bevor du beginnst herumzumäkeln?", faucht Lukas. „Wir haben doch gerade erst angefangen."

„Macht einfach weiter", bitte ich und fühle mich unwohl in meiner Position zwischen den Fronten, die sich offensichtlich auftun.

Es klopft an meiner Haustür. Ich sehe auf die Uhr: Es ist kurz vor Mitternacht. Ein wenig spät für einen unangemeldeten Besuch, denke ich. Es klopft nochmals, und ich gehe zur Tür, um zu öffnen. Da steht ein junger Mann vor mir – kaum älter als achtzehn Jahre - und lächelt mir etwas unsicher zu.

„Entschuldigen Sie die späte Störung", sagt er. „Aber wir hatten bis vor einer halben Stunde Probe. Ich bin Max."

Als er bemerkt, dass mich die Situation irritiert, fügt er hinzu: „Chichibio."

„Ah, jetzt verstehe ich."

„Entschuldigen Sie."

„Alles gut. Du kannst mich gern duzen. Komm doch herein."

Er tritt zögernd näher. Ich schließe die Tür und weise ihm den Weg ins Wohnzimmer.

„Was kann ich für dich tun?"

„Die Sache ist ein bisschen heikel."

Ich bitte ihn, sich zu setzen, und er lässt sich in einen Sessel fallen.

„Wir haben heute die Rezitative geprobt, die Konstantin geschrieben hat."

„Gut", sage ich.

„Nein, leider nicht. Ich meine ..."

„Gibt es Probleme?"

„Nun, ich bin nicht wirklich ein brillanter Sänger ..."

„Das hat Konstantin mir erzählt. Du bist eher der Komödiant."

„Stimmt. Aber ich sehe es genauso wie Chris und Jannik. Und sie sind wirklich sehr gute Sänger."

„Wer sind Chris und Jannik?", frage ich.

„Don Pippo und Calandrino. Und die neu geschriebenen Rezitative ... Es ist ja nicht so, dass sie es nicht probiert hätten. Sie haben wirklich ..."

„Max, was ist das Problem?" Ich klinge inzwischen etwas ungehalten.

„Sie können diese Rezitative nicht singen."

„Oh…! – Es liegt nicht am Text, oder? Der ist von mir."

„Nein, es liegt nicht am Text."

„Konstantin wollte ihn ins Italienische übertragen."

„Ja, das hat er gemacht. An dem Text liegt es nicht."

„Da bin ich erleichtert."

„Wir denken, dass Konstantin nicht komponieren ... – Also, er kann das einfach nicht. Jedenfalls ..."

„Er kann nicht komponieren? Das überrascht mich. Er schreibt doch an einer Symphonie."

„Das kann ich mir - ehrlich gesagt - kaum vorstellen, denn er kann nicht komponieren."

„Und warum sagen mir das Chris und Jannis nicht selbst?", frage ich.

„Chris und Jannik. Sie wissen gar nicht, dass ich hier bin. Sie überlegen, aus dem Projekt auszusteigen, und das wäre doch schade. Und da dachte ich, dass du vielleicht ..."

„Habt ihr mit Konstantin darüber gesprochen?"

„Nein. Deshalb bin ich hier. *Du* musst mit ihm sprechen."

„Nun, wir brauchen die Rezitative. Das heißt, wir müssen uns da etwas einfallen lassen."

„Ja."

Ich verspreche Max, dass ich mich darum kümmere.

„Ich habe gehört, es gibt Probleme mit unseren zusätzlich geschriebenen Rezitativen?"

Wir sitzen wieder einmal zu dritt im Café Campus zu unserer regelmäßigen Lagebesprechung. Florian wollte die Entwürfe für die Bühne mitbringen, Konstantin die Liste mit den Namen und Kontaktdaten aller Beteiligten.

„Es sind eben bloß Studenten", erklärt Konstantin. „Sie sind noch in der Ausbildung."

„Was machen wir?", frage ich ihn.

Er zuckt mit den Schultern.

Mir wird wieder einmal bewusst, dass es Dinge im Rahmen dieses Projekts gibt, die ich nicht durchschauen und beurteilen kann. Und das ärgert mich. Ich kann keine Noten lesen. Ich kann natürlich auch nicht komponieren. Und ich kann selbst nicht beurteilen, ob Konstantin diese Fähigkeiten besitzt. Ich muss ihm glauben, wenn er etwas behauptet. Im Zweifelsfall muss ich mich auf das Urteil der Sänger verlassen.

„Meinetwegen kann auch jemand anders die Rezitative komponieren", sagt Konstantin plötzlich. „Ich bestehe nicht darauf. Ich habe genug mit der Regie zu tun."

„Aber wer soll das machen?", frage ich.

Konstantin zuckt wieder mit den Schultern.

„Wir können Lisa fragen", schlage ich vor. „Vielleicht hat sie eine Idee."

Da Konstantin weiter schweigt, wende ich mich Florian zu und frage nach seinen Entwürfen. Er holt daraufhin einige Skizzen aus seiner Mappe und legt sie auf den Tisch. Florian hat sich Gedanken über die Aufteilung des Raumes gemacht. In der Guckkastenbühne der Markthalle soll der Opernteil seinen Platz haben. Direkt vor dieser Bühne gibt es im Zentrum des Zuschauerraums eine tiefer gelegene quadratische Arena. Hier soll Mozarts Bereich eingerichtet werden, der dann an drei Seiten vom Publikum einsehbar ist. Beide Bühnen sollen durch ein überdimensionales Tuch getrennt werden, das zu Beginn die Opernkulisse verdeckt. Am Ende der ersten Schauspielszene soll Mozart dieses Tuch herunterreißen und die Opernbühne freilegen. Im Lauf des

Abends springt er dann zwischen beiden Bühnen, zwischen Schauspiel und Opernprobe hin und her.

„Sieht so als, als wäre der Raum in der Markthalle wie für uns gemacht", staune ich.

Florian nickt zufrieden.

„Ach, Lisa sagte mir, dass ihr die Besetzungsliste von uns haben wolltet", fällt Konstantin plötzlich ein.

„Ja", antworte ich. „Das wäre super."

Konstantin kramt einen Zettel aus seiner Mappe und reicht ihn mir.

L'Oca del Cairo – Besetzungsliste

Don Pippo, Marchese von Ripasecca... Christian Hollunder
Celidora, seine Tochter.....………… Annabelle Wischer
Lavina, Celidoras Gesellschafterin……….. Marie Jordan
Biondello, ein reicher Edelmann….. Dominik Kellermann
Calandrino, Freund von Biondello…..…… Jannik Schultz
Chichibio, Bediensteter des Marchese…......... Max Ritter
Auretta, Bedienstete des Marchese…. Sylvie Brandstätter

7

„Ich habe mich übrigens mit diesem Jonas getroffen."

„Welcher Jonas?", frage ich.

„Der Theaterplastiker aus der Oper, den Lisa kennengelernt hatte. Habe ich dir doch erzählt."

„Ja, richtig."

Ich gehe mit Florian an der Alster spazieren. Wir sind nicht die Einzigen, die an diesem Nachmittag auf die Idee gekommen sind, das schöne Wetter für einen Ausflug zu nutzen. Viele Leute sind unterwegs: Spaziergänger, Touristen, Jogger ...

„Er wollte bei dem Bau der Gans helfen, richtig?"

„Ja. Ich habe ihm erklärt, wie ich mir die Konstruktion vorstellen könnte."

„Und?"

„Er hat vorgeschlagen, den Korpus aus Styropor zu schnitzen, aber ich denke, das wäre weitaus aufwändiger. Und vielleicht auch kostspieliger. Jonas würde allerdings kein Geld dafür nehmen, hat er gesagt. – Übrigens: ein wahnsinnig attraktiver Mann ...!", beginnt

Florian zu schwärmen. „Und überaus sympathisch. Er hat unglaublich schöne Hände."

„So."

„Ich glaube, er hat mit mir geflirtet." Florians Augen leuchten.

„Brauchst du denn überhaupt Hilfe? Kannst du die Gans nicht auch alleine bauen?", frage ich.

„In jedem Fall würde es zusammen mit Jonas viel mehr Spaß machen."

„Ich habe neulich auch einen attraktiven jungen Mann kennengelernt", sage ich. „Er stand mitten in der Nacht vor meiner Tür."

„Mitten in der Nacht?" Florian schaut mich irritiert an.

„Es war Max", verrate ich dann.

„Welcher Max?"

„Chichibio. Du kennst die Geschichte. Er war es, der mir von den Problemen mit den Rezitativen erzählt hat."

„Ach so ...!"

„Er hat es mir erzählt, weil zwei der Sänger überlegt haben, wegen dieser Rezitative aus unserem Projekt auszusteigen. Das wollte er verhindern."

„Hast du Lust auf ein Eis?", fragt Florian plötzlich und zeigt auf einen Eiswagen, an dem wir vorbeikommen.

„Ja, warum nicht?"

Wir gehen hinüber und ordern jeder einen Becher mit Schoko, Nuss und Vanille. Eines ist sicher: Was das Eis betrifft, decken sich unsere Begehrlichkeiten. Zufrieden löffeln wir die kalte Masse und setzen unseren Weg am Ufer der Alster fort.

„Hast du wegen der Rezitative eigentlich schon mit Lisa gesprochen?", fragt Florian.

„Ja, wir haben telefoniert. Sie wusste natürlich schon, dass es diesbezüglich Probleme gibt, aber sie hatte sich nicht getraut, Konstantin darauf anzusprechen. Er geht immer gleich an die Decke, wenn man ihn kritisiert, hat sie gesagt."

„Es ist wirklich nicht einfach mit ihm", meint Florian.

„Lisa bügelt es bislang immer wieder aus. Sie hat auch jemanden gefunden, der die Komposition übernimmt."

„Gut."

Auch ich bin froh, dass dieses Problem schnell geklärt werden konnte. Es war wieder einer dieser Momente, in denen ich innehalte und überlege, ob es überhaupt sinnvoll ist, das Projekt weiter voranzutreiben. Auf was haben wir uns da bloß eingelassen?

„Ich habe übrigens eine schöne Idee für die Szene zwischen Mozart und Da Ponte", sagt Florian dann. „Die Szene, in der sie aufeinandertreffen und sich näher kennenlernen."

„Lass hören."

„Wir installieren zwei Schaukeln auf der Bühne. Die beiden Herren könnten dann ihr Gespräch beim Schaukeln führen. Das würde die Szene lebendig machen und ist auch optisch bestimmt sehr reizvoll."

„Ja, das klingt gut", sage ich. „Erinnert mich an das berühmte Bild mit der Schaukel von Fragonard."

„Genau. Das hatte ich auch im Kopf."

Es ist schön, Florian an meiner Seite zu haben.

Wir beginnen unsere nächste Probe wieder mit der *Stuhlentspannung*. Melissa, Fabrizio und Lukas hängen mit geschlossenen Augen auf ihren Stühlen und geben die üblichen Laute von sich. Ich habe mich an die

Zeremonie gewöhnt und halte durch. Einmal war ich versucht, mich zu beteiligen, hatte mir ebenfalls einen Stuhl gegriffen und mich im Entspannen geübt. Doch ich habe das schnell wieder aufgegeben. Nun warte ich stets geduldig, bis sich meine drei Verbündeten aufrichten und brav die Augen öffnen. Meistens dauert es nicht länger als eine Viertelstunde.

Melissa habe ich ihren Bauch mitgebracht, den Florian für sie angefertigt hat. Ein mit Flies gefülltes Kissen, an das er Bänder genäht hat, mit denen sie es am Körper festzurren kann. Sie freut sich, dass ich daran gedacht habe und umarmt mich herzlich. Dann setzen wir die Arbeit an der ersten Szene fort. Die nun sichtlich schwangere Constanze liegt wieder auf ihrem Sofa und versucht erneut, die Aufmerksamkeit ihres in Arbeit vertieften Gatten zu wecken. Mozart stöbert weiterhin verzweifelt in seinen Textbüchern.

„Wie kommst du voran?", fragt Melissa.

„Oh, das ist ein Durcheinander in diesen Büchern", flucht Lukas. „Verschollene Söhne, verkleidete Kammerzofen, eifersüchtige Schwestern ... – Diese Librettisten haben alle eine Art, über die Liebe zu schreiben, dass man annehmen muss, sie wissen überhaupt nicht, was das ist: Liebe."

„Liebe?", gurrt Melissa, die sich inzwischen vom Sofa erhoben und Richtung Schreibtisch bewegt hat. Sie schaut Lukas dabei tief in die Augen, Lukas ihr mindestens ebenso tief ins Dekolleté.

„Du lenkst mich von der Arbeit ab. Schluss jetzt!"

„Du denkst nur an dich!" Grummelnd wendet sich Melissa ab.

„Natürlich denke ich nur an mich. Ich denke nur an mich, wenn ich komponiere. Obwohl ich damit ja das

Geld verdiene, das es mir ermöglicht, dir vielleicht ein neues Kleid zu kaufen. Aber ich denke nur an mich."

„Zum Beispiel, wenn du den jungen Sängerinnen den Hof machst."

„Wenn ich mich mit den Künstlerinnen gutstelle, die begabt sind. Die also meine Musik günstig beeinflussen."

„Und wenn du mir immer wieder versprichst, dass wir zu deinem Vater nach Salzburg fahren."

„Genau."

„Du aber immer wieder neue Ausreden erfindest, um die Reise aufzuschieben."

„Es muss mehr Bewegung in diesen Dialog", unterbreche ich die Szene. „Ich könnt euch gegenseitig reizen, miteinander flirten oder einander provozieren. Aber ihr müsst dabei eine Spannung zwischen euch aufbauen, dass es vor Erotik nur so knistert."

„Ich kneife ihm zwischendurch in die Brustwarzen", verrät Melissa stolz.

„Das freut mich für Lukas", stichelt Fabrizio. „Aber das wird der Zuschauer kaum wahrnehmen."

„Melissa, du kannst ihm zum Beispiel das Libretto aus den Händen reißen, in das er gerade so vertieft ist", schlage ich vor. „Und du, Lukas, kannst ihr vielleicht die Hand unter den Rock schieben, während du versuchst, sie aufzumuntern."

„Lass uns einfach ein bisschen Zeit, die Szene zu entwickeln", bittet Lukas.

„Wie kommst du voran?", fragt Melissa dann wieder, und Lukas schimpft über die miserablen Textbücher.

Als ich den Probenraum in der Universität betrete, kommt Max gleich auf mich zugelaufen.

„Danke, dass du dich so schnell um die Sache mit den Rezitativen gekümmert hast", flüstert er mir zu und lächelt. „Die neuen Kompositionen sind sehr gut."

Über seine Schulter hinweg entdecke ich im Hintergrund Konstantin, der uns argwöhnisch beobachtet. Im nächsten Moment stehen die beiden anderen Sänger neben Max und begrüßen mich.

„Hallo, ich bin Christian. Don Pippo."

„Und ich bin Sylvie und singe die Auretta. Wir proben gerade das Terzett."

„Können wir uns jetzt bitte wieder auf die Arbeit konzentrieren?", ruft Konstantin ungehalten.

„Hallo, Konstantin", grüße ich. „Entschuldige bitte. Ich wollte ein bisschen zuschauen, wenn ich darf."

Konstantin nickt, und Lisa gibt mir eine Kopie des Textbuches, das wiederum neben dem italienischen Original auch eine deutsche Übersetzung enthält.

„Du findest das Terzett auf Seite 9", sagt sie. „Don Pippo gibt seinen beiden Bediensteten gerade Anweisungen für seine bevorstehende Hochzeit."

Ich bedanke mich bei ihr und setze mich auf einen der Stühle, die am Rand des Raumes stehen. Die Pianistin nickt mir freundlich zu. Auretta, Chichibio und Don Pippo gehen wieder auf ihre Plätze. Dann beginnt Don Pippo mit seiner Arie. Ich schlage die Seite 9 auf. *Siano pronte alle gran nozze ... Für die große Hochzeitsfeier seien einhundertundsechsunddreißig Kutschen bereit ...* - Auretta und Chichibio stehen links und rechts von ihm und lauschen seinen Instruktionen.

Plötzlich unterbricht Konstantin die Szene. „Das ist doch keine konzertante Aufführung", blafft er. „Steht nicht einfach so herum. Macht irgendwas."

„Was denn?", fragt Don Pippo.

„Sylvie und Max, ihr könntet euch zum Beispiel ein Heft zur Hand nehmen und Notizen machen, wenn er euch Anweisungen gibt", schlägt Lisa vor.

Sylvie und Max nicken.

Ich schaue in das Textheft: *Hunderte von Hemden, Strümpfen, Schuhen - und von Perücken aus Strigonia seien es genau dreiunddreißig.*

„Und Don Pippo", so Lisa weiter, „könnte sich, wenn er die ganzen Dinge aufzählt, die für die Hochzeit vorbereitet werden müssen, immer mehr in seine Fantasiewelt flüchten. Du nimmst deine beiden Bediensteten irgendwann gar nicht mehr wahr."

Auch Don Pippo nickt.

„Können wir jetzt weitermachen?" bellt Konstantin.

„Vielleicht macht Max sich die Notizen", fällt Sylvie ein, „und ich schaue ihm zwischendurch über die Schulter, um zu überprüfen, ob er auch alles korrekt aufschreibt."

„Ja, sehr gut", lobt Lisa. „Und wenn Auretta und Chichibio dann bemerken, dass ihr Herr mit seinen Gedanken gar nicht mehr in dieser Welt ist, dann können sie anfangen, um ihn herumzutanzen."

Sie beginnen wieder zu singen: *Siano pronte alle gran nozze ...* - Max hat ein Heft aus seiner Schultertasche gezogen, das er jetzt für die Notizen benutzt. Auretta schaut ihm zwischendurch über die Schulter. Er sieht sie dann fragend an, und sie nickt zufrieden: Alles korrekt notiert. Bravo. Don Pippo bekommt das alles bald gar nicht mehr mit. Gedankenverloren schaut er in die Luft und zählt auf, was unbedingt noch erledigt werden muss. Irgendwann scheucht er Auretta und Chichibio fort. Die beiden wollen gehen, Don Pippo aber holt sie mit einem Wink gleich wieder zurück. Sie kehren um.

Dann jagt er sie wieder weg. *Andate – Restate – Partite, udite – Geht – Bleibt – Fort mit euch, hört!* Das Spiel der Drei ist nun sehr lebendig und unterhaltsam.

„Das war eine schöne Probe", sage ich.

Ich bin inzwischen mit Konstantin allein in dem Probenraum der Universität.

„Ja, danke", sagt er, während er seine Unterlagen zusammenpackt. Er scheint froh zu sein, dass er mich nicht ansehen muss.

„Was ist los?", frage ich. „Du wirkst gehetzt, unzufrieden und ... ja, manchmal beinahe verbittert."

„Ach, ja?"

„Wir müssen zusammenhalten. Letztlich wollen wir doch alle dasselbe: dass es am Ende eine tolle Aufführung wird."

„Ich habe das Gefühl, alle sind gegen mich." Jetzt sieht er mich an, und seine Augen funkeln hinter den Brillengläsern. „An allem, was ich mache, wird herumgenörgelt."

„Aber ..."

„Zuerst wird das Orchester gestrichen ..."

„Das hast du selbst entschieden."

„Nach deinem Drängen, ja. – Dann sind die Rezitative nicht gut genug. Und jetzt mischt sich Lisa auch noch ständig in meine Regiearbeit ein."

„Es ist doch gut, wenn sie eigene Vorschläge mit einbringt, findest du nicht?"

„Aber das alles war meine Idee! Ich habe euch auf das Opernfragment aufmerksam gemacht. Ohne mich ..."

„Konstantin, beruhige dich. Jeder trägt seinen Teil dazu bei. Klar, ohne deinen Hinweis würde es das alles hier überhaupt nicht geben. Aber ohne uns, ohne die anderen würde es das alles ebenso wenig geben."

8

„Wir könnten uns heute eigentlich mal an die zweite Szene machen", meint Lukas.

„Das dachte ich auch", antworte ich. „Aber zuerst kommt doch die Stuhlentspannung, oder?"

„Klar", sagt Fabrizio. „Machst du auch mit?", fragt er mit Blick auf Melissa und sie nickt.

Sie greifen sich jeder einen Stuhl und beginnen wie gewohnt mit ihrer Entspannungsübung. Ich nutze die Zeit, um noch einmal im Textbuch die Szene zwischen Mozart und Da Ponte durchzugehen. Die Tage zuvor habe ich bereits einige Anmerkungen notiert. Dinge, auf die ich heute besonders achten oder hinweisen möchte. Ich hoffe, dass ich den Schauspielern gegenüber dadurch ein wenig professioneller wirke, als ich es ja tatsächlich bin. Meine Rolle als Regisseur muss ich eben erst finden.

Als sich die Drei endlich auf ihren Stühlen aufrichten, nehme ich das als Zeichen, dass wir anfangen können.

Melissa setzt sich an meine Seite, Fabrizio und Lukas blicken mich abwartend an.

„Ein Hinweis vorweg", beginne ich. „Florian hatte die Idee, diese Szene auf zwei Schaukeln zu spielen, die wir am Bühnenrand aufhängen wollen. Also, im Bereich zwischen Mozarts Wohnung und der Opernbühne."

„Schaukeln?", überlegt Lukas. „Eine schöne Idee."

„Ja, gefällt mir", stimmt Fabrizio mit ein. „Vielleicht machen wir es so, dass Mozart zu Beginn schon auf der Schaukel sitzt und sehr ausgelassen hin- und herschwingt. Ich komme dann irgendwann dazu, entdecke ihn, spreche ihn an und greife mir kurzerhand die zweite Schaukel."

„Da Ponte könnte dabei am Anfang sehr ungeschickt sein", schlägt Lukas vor, „weil er vielleicht noch nie auf einer Schaukel gesessen hat. Im Lauf des Gesprächs wird er dann immer waghalsiger und virtuoser."

Die Idee gefällt uns allen. Da wir die Schaukeln aber erst auf der großen Bühne zur Verfügung haben werden, müssen wir improvisieren. Lukas stellt zwei der Stühle nebeneinander, setzt sich dann auf einen der beiden und fängt an, darauf hin und her zu wippen. Dabei trällert er zunehmend ausgelassener eine Melodie.

„Warte mal, Lukas", unterbreche ich ihn. „Du könntest da die Melodie aufgreifen, die vorher zuletzt im Opernteil zu hören war."

„Welches Stück ist das?"

„Weiß ich im Moment nicht, aber ich kümmere mich darum."

Lukas nickt und beginnt wieder zu singen und auf dem Stuhl ausgelassen zu kippeln. Er bemerkt nicht, dass hinter ihm Fabrizio auftaucht und das übermütige Treiben beobachtet.

„Herr Mozart, nicht wahr?"

Lukas hält erschrocken inne und dreht sich um.

„Moment ...!" Er überlegt. „Ah, jetzt weiß ich. Sie sind doch Da Ponte. Lorenzo Da Ponte."

„Darf ich Ihnen ein wenig Gesellschaft leisten?", fragt Fabrizio.

„Nur zu!"

Fabrizio setzt sich extrem umständlich auf den leeren Platz neben Lukas und versucht, vorsichtig mit dem Stuhl zu wackeln.

„Geht's?", fragt Lukas provozierend.

„Aber…!" Fabrizio lächelt gequält.

Das Gespräch beginnt, während beide auf ihren Stühlen hin und her schwingen. Lukas waghalsig, Fabrizio eher behutsam.

„Sie glauben also, dass mir alles leicht gemacht wird und nur so zufällt?" Fabrizio fühlt sich nicht wirklich wohl auf seinem Stuhl, bemüht sich aber, das Lukas gegenüber zu verbergen. „Natürlich habe ich Glück. Seitdem ich mein Leben selbst in die Hand genommen habe, habe ich immer Glück gehabt. Aber, was ist denn Glück wirklich? Manieren, Geschick, eine Handvoll Ideen – mehr nicht!" Plötzlich erhebt er sich und kontrolliert etwas umständlich das vermeintlich wackelige Möbelstück. Dann setzt er sich wieder auf seinen Stuhl, und nun sind seine Bewegungen schon sehr viel eleganter.

„Glauben Sie mir: Wichtig ist, dass man von sich überzeugt ist. Wen interessiert denn, was du kannst? Wichtig ist, was du dir zutraust." Fabrizio redet sehr langsam, dehnt die Sätze genüsslich, macht immer wieder Kunstpausen.

„Soll ich Ihnen mal was sagen?", blafft Lukas. „Ich glaube, wenn man auf Dauer Erfolg haben will, muss man unverschämt sein. Ich werde mir niemals Mühe geben zu gefallen. Ich mache *meine* Musik. Echten Mozart."

„Sie sind zu hitzig, unbedacht und übermütig, Herr Mozart." Fabrizio lächelt charmant. „Was nützt die schönste Musik eines Herrn Mozart, wenn dieser Mozart vom Publikum nicht geliebt wird?"

„Sie haben zurzeit am Hof sehr viel Erfolg, Signor Da Ponte. Aber was heißt das schon? Die Leute haben doch alle keine Ahnung von Musik. Denen gefällt nur, an was sie sich erinnern. - Und dein schmieriger Charme, all diese Verzierungen und akustischen Schnörkel gehen mir total auf die Nerven", donnert Lukas plötzlich.

Ich unterbreche die Szene.

„Was ist los?", frage ich. „Warum nutzt du deinen Ärger über Fabrizio nicht im Spiel? Es gab keinen Grund, die Rolle zu verlassen."

„Ach, diese verdammte Eitelkeit ...!"

„Was hast du für ein Problem?", fragt Fabrizio. „Du willst, dass ich dir ein Libretto schreibe, ja? Also lass dich auf mich ein."

„Ich glaube, ich arbeite dann doch lieber weiter mit Varesco", frotzelt Lukas.

„Mag sein, dass Lukas lieber mit Varesco arbeiten möchte. Mozart aber bevorzugt Da Ponte." Fabrizio grinst.

Ein Klopfen an der Tür. Es ist Florian, der das Kleid für Constanze in Händen hält, das aber noch in einer Plastikhülle verborgen ist.

Wir sind seit zehn Minuten mit der Probe der Szene zwischen Mozart und Da Ponte fertig, und wir sind gut vorangekommen.

„Jetzt ist Bescherung", ruft Fabrizio und schaut auf das strahlende Gesicht von Melissa, die es kaum abwarten kann, das Kleid anzuprobieren.

„Wie ist es gelaufen?", fragt Florian, während er die Plastikhülle vom Kleid streift.

„Ja, ganz gut", antworte ich.

„Deine Idee mit den Schaukeln ist grandios", lobt Lukas und Florian bedankt sich lächelnd, während er Melissa in das Kleid hilft.

„Wahnsinn ... Wunderschön ... Großartig ...!", rufen wir alle durcheinander.

Die Robe à l'Anglaise, wie Florian es nennt, ist schimmernd weiß, das Miederoberteil eng geschnitten. Es wird hinten mit einem Reißverschluss geschlossen. Die eigentlich übliche Schnürung mit Haken und Ösen wäre für unsere Zwecke zu aufwändig, wie uns Florian erklärt. Der weit ausladende, vorn geöffnete Rock wurde von ihm in vielen Falten an das Oberteil genäht, darunter ist ein leuchtend rot-weiß gestreifter Unterrock zu sehen. Die Ärmel des Kleides reichen bis zu den Ellenbogen, und als Verzierungen hat Florian an allen Enden bogenförmige Rüschenbesätze angenäht, die ebenfalls rot-weiß gestreift sind.

„Frau Mozart, Sie sehen wirklich bezaubernd aus", flötet Fabrizio.

„Willst du ausgehen?", fragt Lukas und greift mit einer Hand um ihre Hüften.

„Nein, ich will nur sehen, ob mir das Kleid für die Reise nach Salzburg noch passt", antwortet Melissa.

„Wir sollten ein Fest organisieren", schlägt Fabrizio dann vor.

„Ein Fest?", frage ich.

„Ja, ein Fest mit allen am Projekt Beteiligten. Damit wir uns alle endlich einmal kennenlernen."

„Ein grandioser Gedanke!", juchzt Melissa, reißt die Arme hoch und dreht sich mit ihrem Rokokokleid beglückt zweimal um sich selbst.

„Ja, ein wirklich grandioser Gedanke", sagt auch Lukas und Florian stimmt zu.

„Gut, ich werde mit Konstantin reden."

Suvia, putti, presto, presto! singt Calandrino. *Auf denn, Kinder, schnell, schnell!* – Es ist der Moment, in dem dem Biondello und Calandrino sich aufmachen, Celidora und Lavina aus dem Turm zu befreien. Das große Finale in unserer Inszenierung.

Konstantin ist von seinen sieben Sängerinnen und Sängern umgeben, denen er die letzte Szene des Opernfragments erläutert. Ich sitze gemeinsam mit Florian und Lisa am Rand des Probenraums, und wir schauen interessiert zu.

„Es ist noch unklar, wie wir die Befreiung inszenieren könnten", erklärt Konstantin. „Im Libretto von Varesco ist von einer Brücke die Rede, die sie zusammen mit einer Gruppe von Zimmerleuten bauen. Und auch eine Leiter wird erwähnt, die den beiden Damen helfen soll, die Mauer zu erklimmen. Das ist alles sehr diffus. Wir müssen uns aber nicht unbedingt daran halten, denke ich. Letztlich sollten wir da unseren eigenen Weg finden."

Auf ein Zeichen von Konstantin hin beginnen sie zu singen. Am Anfang ist es ein Quartett, das die beiden Liebespaare im Moment des Ausbruchs zusammenführt. Dann stoßen Auretta und Chichibio dazu, die in heilloser Aufregung berichten, dass der Marchese sein

Haus verlassen hat und womöglich auf dem Weg zu ihnen ist. *Cosa dici? – Was sagst du da?* – Der Plan droht zu scheitern, und dann taucht er tatsächlich auf: Don Pippo. *Copro di Satanasso!* Wütet er. *Schockschwernot! Was zum Teufel ist hier los?* Er ruft seine Burgwachen herbei. Den Chor, den es noch nicht gibt. Doch auch so schon ist es großartige Musik.

Als der letzte Ton des Finales verklungen ist, schauen alle auf Florian, der mich zur Probe begleitet hat, um möglicherweise Vorschläge zu machen, wie man die Flucht aus dem Haus von Don Pippo in Szene setzen könnte.

„Ich denke, wir sind uns alle einig, dass wir nicht zusätzlich zum Chor der Burgwachen auch noch eine Gruppe von Zimmerleuten auf die Bühne holen können", sagt er. „Eine Brücke zu bauen, erscheint mir zudem allein schon deshalb unsinnig, weil es sich mir nicht erschließt, von welchem Punkt aus sie wohin führen sollte. Um über eine Burgmauer zu klettern, benötigt man keine Brücke."

Alle nicken.

„Doch unsere beiden Edelmänner könnten die Burgmauern durchbrechen", schlägt Florian vor.

„Das klingt nicht weniger aufwändig", meint Konstantin.

„Kommt darauf an, aus welchem Material die Burgmauern sind."

„Dann sollten sie möglichst aus Watte sein", ätzt Konstantin.

„Oder aus Polyesterflies", entgegnet Florian.

Einen Moment ist Stille.

„Das ist das Zeug, aus dem wir die Gans bauen", fährt Florian fort. „Wir könnten dieses Flies quer über die

Bühne spannen. Das wäre dann unsere Burgmauer. Und das Besondere an diesem Flies: Es ist zwar fest und blickdicht, aber es lässt sich trotzdem leicht zerrupfen. Biondello und Calandrino könnten also ein Loch in das Flies reißen, durch das Celidora und Lavina dann hinaus ins Freie schlüpfen."

„Aber das Flies ist doch sicherlich weiß", überlegt Konstantin. „Wo gibt es denn weiße Burgmauern?"

„Wir sind im Theater. Da ist Platz für Illusionen, oder?"

„Das klingt nicht schlecht", meint Lisa. „Eine Burg aus Zuckerwatte. Die ganze Geschichte hat sowieso etwas von einem Märchen."

„Lasst uns jetzt lieber weiter proben", mahnt Konstantin. „Der Moment, in dem Auretta und Chichibio hereinstürmen, gefiel mir überhaupt noch nicht. Alle sind plötzlich in heller Aufregung. Das muss man auch hören."

Und damit ist die Diskussion erst einmal beendet.

„Wie viele Sänger brauchen wir eigentlich für den Chor?", frage ich Lisa nach der Probe.

„Ich denke, acht Personen wären ausreichend", erklärt sie mir. „Wir benötigen wenigstens je zwei Sopran-, Alt-, Tenor- und Bassstimmen."

„Wird sicher nicht einfach, Sänger für einen derart kleinen Auftritt zu motivieren, wenn nichts bezahlt wird", gebe ich zu bedenken.

„Es müssen Leute sein, die einfach Spaß daran haben, an solch einem Projekt beteiligt zu sein."

„Das gilt wohl für uns alle."

„Mein Freundin singt im Kirchenchor. Die würde sicher mitmachen", mischt sich Don Pippo ein, und plötzlich stehen alle Sängerinnen und Sänger um uns herum.

„Vielleicht fragt ihr alle nochmal im Freundes- und Bekanntenkreis nach, ob jemand Interesse hat", schlage ich vor.

„Ich habe meinem Mitbewohner schon davon erzählt", sagt Chichibio. „Er wollte es sich überlegen."

„Eine Freundin meiner Schwester würde gern mitmachen", ruft Biondello.

„Ich möchte mit euch noch über eine andere Sache reden", erkläre ich dann. Auch Konstantin hat sich inzwischen zu uns gestellt.

„Fabrizio, einer der Schauspieler, der den Da Ponte spielt, hat vorgeschlagen, dass wir gemeinsam ein Fest feiern sollten. Was haltet ihr davon?"

„Aber wo sollen wir das denn machen?", fragt Auretta. „Hier in unserem Probenraum ist das sicher nicht gestattet."

„Und der Raum, den wir in der Markthalle zur Verfügung haben, ist dafür viel zu klein", sage ich. „Aber ich kann dort mal nachfragen, ob es eine andere Möglichkeit vor Ort gibt."

„Ja, das wäre schön."

„Dann würden sich endlich mal alle kennenlernen."

„Eine tolle Idee ...!"

Plötzlich blicke ich um mich herum in begeisterte Gesichter, und zum ersten Mal habe ich das Gefühl, dass unser Projekt eine wirklich großartige Sache werden könnte.

9

„Endlich erreiche ich dich mal", sage ich zu Florian.

„Im Moment bin ich viel unterwegs. Ich arbeite mit Jonas an der Gans. Wir kommen gut voran ... - Jonas ist der Theaterplastiker."

„Ja, ich erinnere mich."

„Wie laufen eure Proben?", fragt Florian.

„Oh, sehr gut. Wir sind gerade bei der Szene, in der Da Ponte Mozart und Constanze besucht."

Einen Augenblick überlege ich, ob ich Florian von den Schwierigkeiten erzählen soll, die ich tatsächlich habe. Leider gelingt es Fabrizio immer wieder, Melissa zu verunsichern. Er weiß, dass sie bewundert, wie er sich mittels seines theoretischen Wissens Rollen erarbeitet. Immer wieder fordert er sie auf, ihr Spiel auf die von ihm so beschworene Wahrhaftigkeit zu überprüfen. Irritiert versucht sie, seine eher diffuse Kritik aufzugreifen, wodurch ihre Anspannung zunimmt. Fabrizio erreicht also eher das Gegenteil von dem, was er eigentlich beabsichtigt. Falls er es ehrlich meint, was ich doch hoffe.

Und ich bin als Regisseur einfach nicht erfahren genug, um ihr in dieser Situation zu helfen. Zudem verstärkt Fabrizios Verhalten Melissa gegenüber die Spannungen, die zwischen ihm und Lukas sowieso bestehen.

„Lisa hat mir erzählt, dass der Chor komplett ist", sagt Florian. „Sie haben die acht Leute gefunden."

„Das freut mich." Ich entschließe mich, meine Probleme mit den Schauspielern nicht zu erwähnen.

„Ich habe mit Lisa telefoniert, um mit ihr über die Kostüme für den Chor zu sprechen. Wir sind uns einig, dass sie aus Kostengründen deutlich weniger aufwändig sein sollten."

Ich stimme Florian zu.

„Lisa hatte übrigens auch wieder eine Auseinandersetzung mit Konstantin. Es ging um die Arie von Biondello, in der er über die bevorstehende Befreiung von Celidora und Lavina sinniert. Konstantin bestand darauf, dass Biondello die Arie im Liegen singt."

„Warum im Liegen?", frage ich.

„Er meinte, Biondello könnte sich dabei entspannt im Gras fläzen."

„Es gibt auf der Bühne doch gar kein Gras, oder?"

„Das ist Theater. Da ist Platz für Illusionen, oder?"

Wir müssen beide lachen.

„Lisa gefiel die Idee jedenfalls überhaupt nicht. Sie meinte, es sei grundsätzlich sehr schwierig, im Liegen zu singen. Das könnte man vielleicht einem Sänger mit langjähriger Bühnenerfahrung zumuten, aber keinem Studenten."

„Was hat denn Biondello dazu gesagt?"

„Er meinte, er würde es gern versuchen. Aber natürlich will er sich keine Blöße geben. Lisa findet das unverantwortlich von Konstantin."

„Ich kann das überhaupt nicht einschätzen. Biondello sollte sich aber nicht bedrängt fühlen. Er muss selbst entscheiden, ob es für ihn machbar ist oder nicht."

„Gibt es Neuigkeiten, was das Fest betrifft?", will Florian wissen.

„Ich habe mit Stürmer gesprochen. Wir könnten die Bar in der Markthalle nutzen. Aber natürlich nur an einem Abend, in dem keine Veranstaltung im Haus läuft. Auf die Getränke würden wir einen Rabatt bekommen."

„Das klingt gut. Dann sollten wir mit den anderen möglichst bald einen Termin abstimmen."

„Ich habe bereits in die Runde gefragt, welche Tage in den nächsten zwei Wochen in Frage kommen."

Am Abend treffe ich mich mit meinen drei Schauspielern wieder zur Probe. Nach der obligatorischen Stuhlentspannung setzt sich Fabrizio zu Melissa auf das Sofa und legt seinen rechten Arm hinter ihr auf die Rückenlehne. Mit einem süffisanten Lächeln blickt er zu Lukas hinüber, der am anderen Ende des Raumes steht.

„Sie wollten doch von Ihrer neuen Oper erzählen, Herr Mozart."

„Wir wollen deshalb nach Salzburg", wirft Melissa ein und schmiegt sich ein wenig dichter an Fabrizio.

„Entschuldige", unterbricht dieser die Szene. „Dein Verhalten ist mir zu ambivalent", kritisiert er Melissa. „Was ist die Situation? Du liebst deinen Mann, oder? Warum willst du ihn dann eifersüchtig machen? Hast du möglicherweise einen Grund, ihn zu ärgern? War er dir untreu?"

„Ich weiß nicht", antwortet Melissa. „Ich denke, es ist ein Spaß."

„Ach, es ist nur ein Spaß? Deine Ehe ist nur ein Spaß? Oder ist der Flirt mit Da Ponte nur ein Spaß? Vielleicht ist ja auch alles nur ein Spaß?"

Melissa zögert.

„Hast du dir über die Figur, die du hier spielst, vorher keine Gedanken gemacht?"

„Ich glaube, das bringt uns jetzt nicht weiter, Fabrizio", sage ich und bitte Melissa weiterzuspielen.

Einen Moment ist Stille.

„Wir wollen deshalb nach Salzburg", wiederholt sie dann ihren letzten Satz kleinlaut.

Fabrizio schnauft. „Ihr Mann sagte das schon", setzt er nun auch wieder ein. „Aber warum ausgerechnet Salzburg?"

„Wir wollen dort Wolferls Vater besuchen. Es gibt mit ihm ein paar Dinge in Ordnung zu bringen."

„Trotzdem verstehe ich nicht, was das mit Ihrer neuen Oper zu tun hat", entgegnet Fabrizio, immer noch den Blick fest auf Lukas gerichtet, der ihnen den Rücken zugekehrt hat.

„Ganz einfach", entgegnet Lukas nun, ohne sich zum Sofa umzudrehen. „Mein Vater hat mir die Zusammenarbeit mit einem Librettisten vermittelt."

„Dem Abate Varesco", flötet Melissa.

„Varesco?" Fabrizio überlegt.

„Er lebt auch in Salzburg", fügt Melissa hinzu. „Und der Vater hält sehr viel von Signor Varesco."

„Varesco ..." Fabrizio überlegt immer noch. „Varesco ... Varesco ... Varesco ..." Er kostet den Moment genüsslich aus.

Lukas ist sichtlich genervt. „Varesco, genau ...!", faucht er dann.

„Ja ..." Fabrizio bleibt charmant. „Ich habe einmal etwas von dem Mann gelesen. - Aber sagten Sie nicht, es soll eine komische Oper werden?"

„Wartet mal", unterbreche ich dann. „Lass uns doch bis hierhin die komplette Szene nochmal von Anfang an spielen."

„Und zwar ohne die vermeintlich geistreichen Kommentare von Fabrizio", fügt Lukas hinzu. „Ich bin sicher, Melissa kommt auch so klar."

„Ich möchte ihr helfen, in die Rolle zu finden", rechtfertigt sich Fabrizio. „Irgendjemand muss das ja machen, oder?"

Das geht gegen mich, denke ich.

„In jedem Fall lässt du keine Gelegenheit aus, dich wichtig zu machen", blafft Lukas.

„Ich mache hier nur meine Arbeit."

„Könntet ihr bitte versuchen, euch wieder zu beruhigen?", mische ich mich ein, und alle atmen einmal tief durch. Einige Minuten später beginnen wir die Szene von vorn.

Am nächsten Morgen klingelt bei mir das Telefon. Es ist wieder Florian.

„Sorry, ich habe gestern etwas vergessen", sagt er. „Die ersten Teile der Bühne sind fertig, und ich bekomme bei mir zuhause inzwischen Platzprobleme. Meinst du, wir könnten schon etwas davon in der Markthalle zwischenlagern?"

„Ich denke schon. Ich werde nachher nochmal versuchen, Stürmer telefonisch zu erreichen. Ich hatte ihn gestern nach unserer Probe kurz gesprochen und mit ihm den Termin für unser Fest abgestimmt. Wir haben uns auf den Freitag nächster Woche geeinigt."

„Und der Freitag passt auch allen Beteiligten?"

„Ja. - Alle Getränke für den Abend bekommen wir - wie abgesprochen - vor Ort, aber wir könnten noch ein kleines Büffet organisieren", schlage ich vor.

„Ja, unbedingt."

„Vielleicht kann einfach jeder etwas mitbringen. Ich werde Melissa, Lukas und Fabrizio bei der nächsten Probe fragen und auch Lisa anrufen, damit sie das mit den Sängern abstimmen kann."

Nachdem wir das Gespräch beendet haben, schlurfe ich in die Küche, um mir einen Milchkaffee zu machen. Plötzlich habe ich doch wieder ein ungutes Gefühl, wenn ich an unsere *Gans von Kairo* denke. Einen Moment überlege ich, woran das genau liegen mag. Doch ich muss eigentlich gar nicht überlegen. Es sind vor allem die Spannungen zwischen den Schauspielern. Während unserer Proben gibt es Augenblicke, in denen ich denke, dass alles auseinanderbrechen könnte. Aber auch das Verhalten Konstantins macht mir Sorgen. Nun, vielleicht gehören diese oder ähnliche Probleme bei einer solch großen Produktion einfach dazu. Ich würde mich wohler fühlen, wenn wir alle Beteiligten mit einer stattlichen Gage zusätzlich motivieren könnten. Schauen wir mal, wie die Stimmung bei dem Fest sein wird, versuche ich mich zu beruhigen.

Endlich ist es so weit.

„Ich freue mich, dass ihr alle gekommen seid", begrüße ich das Ensemble. „Und dass wir heute das erste Mal die Gelegenheit haben, uns gegenseitig kennenzulernen."

„22 Personen – wenn wir richtig gezählt haben", frotzelt Florian, der gemeinsam mit Konstantin neben mir steht. „22 Leute, die bereit sind, sich auf dieses Abenteuer einzulassen."

„Ohne zu wissen, ob die ganze Sache am Ende überhaupt zum Erfolg führt", argwöhnt Konstantin. „Das ist wirklich großartig, und dafür danken wir euch jetzt schon ganz herzlich."

Alle applaudieren, viele Augen glänzen erwartungsfroh, und die Atmosphäre erinnert mich an ein Klassentreffen, bei dem Menschen zusammenkommen, die eine Vielzahl ihrer Erinnerungen miteinander teilen, sich aber seit Jahrzehnten nicht mehr gesehen haben.

„Wir möchten euch kurz über den Stand der Dinge informieren", erkläre ich dann. „Wir kommen gut voran. Sowohl die Schauspielszenen, als auch der Opernteil nehmen getrennt voneinander mehr und mehr Gestalt an, und wir haben inzwischen einen Termin, an dem wir erstmals auf der großen Bühne beide Elemente zusammenführen können."

„Übernächste Woche haben wir unseren ersten Durchlauf", sagt Konstantin. „Dann allerdings noch ohne Dekoration und Kostüme. Doch schon in Kürze sollen wir von der Staatsoper die Perücken bekommen, und Florian wird die ersten Kostüme mit zur Probe bringen."

„Die größte Überraschung aber wird sicher die Gans", strahlt Florian. „Und auch diese Gans ist bereits in Arbeit. Ein Theaterplastiker von der Staatsoper unterstützt uns dabei. – Jetzt aber lasst uns einfach ein bisschen zusammen feiern und einander kennenlernen."

Die Traube, die sich um uns gebildet hatte, löst sich auf. Einige aus unserem Ensemble stellen sich an die Bar und ordern Getränke, andere schlendern zum Büffet, angelockt von diversen Salaten, Canapés mit Räucherlachs oder Roastbeef, Frikadellen und Käsevariationen.

Auch ich gehe an die Bar, bestelle mir einen Rotwein und blicke in die Runde.

„Du solltest dich von ihm nicht verunsichern lassen", höre ich Lukas sagen, der sich mit Melissa unterhält. Offensichtlich geht es nochmal um das Verhalten von Fabrizio. Vielleicht gelingt es Lukas, Melissa ihre Selbstsicherheit zurückzugeben, hoffe ich.

„Wenn Stanislawski zum Beispiel Shakespeares *Othello* inszeniert hat, dann hat er seine Leute sogar zu Lokalstudien nach Zypern geschickt", höre ich am anderen Ende die Stimme von Fabrizio, der gerade Auretta zu beeindrucken versucht. Wie üblich mit Stanislawski.

Lisa hat sich zu Biondello und Calandrino gesellt. „Du musst die Arie nicht im Liegen singen", fleht sie Biondello an, und einen Moment später wendet sie sich Calandrino zu, der immer wieder beteuert, dass er sich mit „dieser blöden Perücke" total unwohl fühlt. „Du wirst sehen, dass du dich sehr schnell daran gewöhnst", beteuert sie. „Nach ein paar Minuten denkst du überhaupt nicht mehr daran, dass du das Ding auf dem Kopf hast."

Hinter dem Büfett in der hinteren Ecke der Bar entdecke ich Florian, der mit einem Jungen aus dem Chor flirtet. Er scheint ihm eines der Kostüme zu beschreiben, wenn ich die weit ausholenden Bewegungen seiner Arme richtig deute. Der Junge folgt seinen Ausführungen auffallend fasziniert. Florian ist ein begehrenswerter Mann, denke ich, und mir kommt in den Sinn, dass ich das eine lange Zeit gar nicht mehr bemerkt habe.

„Er treibt Tempo, dynamische Kontraste und Phrasierung wirklich auf die Spitze", nehme ich neben mir die

Stimme von Konstantin wahr, der sich mit Don Pippo unterhält. Ich höre heraus, dass es um eine neue Aufnahme des *Don Giovanni* geht, die Konstantin sich zugelegt hat. KF 9816, denke ich und muss schmunzeln.

„Stell dir vor, die Champagner-Arie endet mit einem ekstatischen Aufschrei", schwärmt Konstantin. „Da flammt eine rasende Sinnlichkeit auf ... – bis an die Grenze zur Brutalität!"

Don Pippo nickt stoisch.

Es war eine gute Idee, dieses Fest zu organisieren, denke ich. Wir stärken damit das Gruppengefühl. Und es ist perfekt, dass dieses Fest vor unserer ersten gemeinsamen Probe auf der großen Bühne stattfindet.

„Wir haben uns noch etwas Besonderes für heute Abend ausgedacht", sagt Lisa, die in diesem Augenblick auf mich zukommt.

„Alle mal herhören", ruft sie plötzlich in den Raum. Es dauert einen Augenblick, bis es still genug ist. Auf ihr Handzeichen hin beginnen dann die Sängerinnen und Sänger, ein Lied anzustimmen.

„Welche Freude! - Welch ein Glanz für diese Hochzeit..!"
Es ist unsere *Gänse-Arie*.

„Und aus Kairo. Sowas hat man noch niemals geseh'n. Eine ganz – große Gans."

1 0

„Ruhe, bitte", rufe ich in den Raum. „Wir fangen an."

Lukas sitzt lesend an Mozarts Schreibtisch, Melissa liegt mit gepolstertem Bauch gelangweilt auf dem Sofa. Bei einer regulären Vorstellung würde jetzt das Publikum hereinkommen. Heute aber starten wir unseren allerersten Durchlauf auf der großen Bühne.

Constanze träumt von schönen Kleidern und von einem Besuch bei Mozarts Vater. Mozart wiederum träumt von einem geistreich lustigen Libretto für eine Opera buffa. *Sie ringen miteinander, lachen, streiten und flirten.*

Ich freue mich, dass Melissa und Lukas im Lauf der Probenzeit mehr und mehr Vertrauen zueinander gewonnen haben. Das Spiel zwischen ihnen ist deutlich intimer geworden, aber Melissa scheint zwischendurch immer noch neben sich zu stehen und sich zu beobachten. Es gelingt ihr nicht wirklich, sich in die Figur der Constanze fallenzulassen.

Am Ende der turbulenten Szene kapituliert Mozart, verspricht seinem Stanzerl die Reise ins verhasste Salzburg und entscheidet sich, Varesco nach einem Libretto zu fragen. In der Hoffnung, dass dessen Textbuch zumindest dazu taugt, es als Grundlage zu verwenden, um mit eigenen Änderungen etwas einigermaßen Brauchbares daraus zu machen. Constanze freut sich auf die Reise zum Schwiegervater, während Mozart für sich selbst die Bedingungen skizziert, die er seinem Autor stellen will. Dann springt er auf die Opernbühne, wo Auretta bereits auf seine Anweisungen wartet.

Es ist der Augenblick, in dem sich Schauspiel und Oper miteinander verbinden. Lukas wird im Lauf der Vorstellung immer wieder zwischen beiden Welten hin und her preschen.

Mozart erklärt seiner Auretta, dass in dieser Szene die Vorbereitungen für die Hochzeit Don Pippos getroffen werden. Sie habe gerade einige Händler empfangen – vielleicht einen Schneider, einen Perückenmacher, einen Schuhmacher, und sie habe ein wenig mit ihnen geflirtet, um die Rechnungen nicht bezahlen zu müssen. Dass Chichibio sie dabei die ganze Zeit beobachtet hat, habe sie nicht bemerkt. Sie singe ihre Arie Così si fa – So macht man das *und führe quasi ein Gespräch mit sich selbst. Stolz, die Händler übervorteilt zu haben.*

Auretta ist keine Schauspielerin. Das ist offensichtlich. Sie kann singen, und wenn sie in den Proben gesungen hat, war sie bislang in ihrer Rolle auch stets glaubwürdig. Doch im Dialog mit Lukas wirkt sie verspannt und unsicher. Glücklicherweise sind diese Szenen, in denen Lukas sich mit den Sängern unterhält, sehr kurz.

Mozart setzt sich an den Bühnenrand, und Auretta beginnt mit ihrer Arie. Schon kurze Zeit später springt der eifersüchtige Chichibio aus seinem Versteck und macht ihr heftige Vorwürfe: Così sie fa? – So macht man das? *Er klagt, sie habe ihn zum Trottel gemacht, doch Auretta beschwört ihre*

unerschütterliche Liebe zu ihm – und am Ende des Duetts ver-
söhnen sie sich schließlich wieder.

Auretta und Chichibio sind zwei herrliche Komödianten. Ihr Spiel ist amüsant und erfrischend quirlig. Chichibio hat in der Tat keine große Stimme, aber wenn man seinen Harlekinaden zuschauen darf, ist das schnell wieder vergessen.

Don Pippo tritt auf, und auch er flirtet ein wenig mit Auretta. Vor allem aber träumt er von der bevorstehenden Hochzeit mit Lavina. Und dann erteilt er in seiner Arie Siano pronte *den beiden Bediensteten letzte Anweisungen für die Ausstattung des großes Festes. In seiner Aufregung bringt er bald alles durcheinander, schickt sie in den Stall und ihn in die Küche. Als Auretta und Chichibio irritiert beginnen nachzufragen, mündet die Arie in einem berauschenden Terzett.*

Don Pippo hat etwas Ungelenkes in seinen Bewegungen, was ihn aber wunderbar komisch macht. Er wirkt wie eine mechanische Puppe, die nicht mehr so richtig funktioniert.

Mozart erhebt sich von seinem Stuhl am Bühnenrand, zeigt sich zufrieden und bedankt sich bei den Sängern, die daraufhin abtreten.

Gleich darauf werden die beiden Schaukeln heruntergelassen, und Mozart greift nach einer von ihnen. Während er bestens gelaunt die zuletzt erklungene Melodie aus dem Terzett trällert, setzt er sich auf die Schaukel und beginnt zu schwingen. Er wird dabei immer ausgelassener, blödelt, zappelt herum – und bemerkt überhaupt nicht, dass er inzwischen von Da Ponte beobachtet wird, der hinter ihm aufgetaucht ist und näherkommt.

Da Ponte gibt sich schließlich zu erkennen, greift nach der zweiten Schaukel und erzählt, was ihn von Dresden nach Wien verschlagen hat. Sie spotten über das mangelnde musikalische Talent des Kaisers, schwärmen von Frauen im Allgemeinen und von Sängerinnen im Besonderen. Mozart erwähnt, dass er an einer neuen Oper arbeitet. Er will zeigen, dass er nicht unbedingt auf Da Ponte angewiesen ist, wenn es um ein neues Libretto geht. Da Ponte gibt sich unbeeindruckt und erwähnt seine Arbeit mit Salieri.

Diese beiden von sich selbst so überzeugten Männer, die wie kleine Kinder miteinander schaukeln und dabei gegenseitig versuchen, sich zu beeindrucken: Das ist einfach eine brillante Szene. Auch optisch. Doch während Mozart und Da Ponte einander insgeheim schätzen, können sich Lukas und Fabrizio leider überhaupt nicht ausstehen.

Mozart erzählt schließlich, dass er gerade Vater geworden sei, und gleich darauf erfolgt eine Einladung an Da Ponte, ihn doch nach Hause zu begleiten, um die junge Mutter kennenzulernen. Da Ponte nimmt dankend an, die beiden Herren springen hinab in Mozarts Wohnzimmer und werden von Constanze freundlich in Empfang genommen.

Sie trinken zusammen Tee, und während Da Ponte Mozart auffordert, ihm von dieser neuen Oper zu erzählen, flirtet er mit dessen Frau. Mozart beschreibt die Geschichte von den im Turm eingesperrten Damen und von der großen Gans, mit dessen Hilfe die Liebhaber zu ihren Angebeteten gelangen wollen. Ihm wird dabei mehr und mehr deutlich, wie absurd das alles eigentlich ist, aber Da Ponte amüsiert sich prächtig.

Melissa fühlt sich in dieser Szene an der Seite von Fabrizio deutlich wohler. Er, der ihr Spiel immer wieder gern in Frage stellt, legt auf einmal schützend seinen Arm um sie. Natürlich weiß sie, dass es nicht die Geste Fabrizios ist, sondern die Da Pontes. Doch daran möchte sie wahrscheinlich gerade nicht denken. Lukas geht es ähnlich. Fabrizios Provokationen lassen ihn innerlich rasen vor Wut, doch sind es nicht eigentlich Da Pontes Provokationen?

Fuchsteufelswild steigt Mozart auf die Opernbühne, wo Biondello bereits auf seinen Einsatz wartet. In seiner Arie, die er gleich singen soll, freut er sich diebisch darauf, Don Pippo ein Schnippchen zu schlagen und seine geliebte Celidora endlich in die Arme zu schließen. Den passenden Plan habe er mit seinem Freund Calandrino bereits ausgeheckt, erläutert ihm Mozart. Seine Arie sei also pure Vorfreude, was Celidora betrifft. Und Schadenfreude, was Don Pippo betrifft.

Biondello beginnt zu singen, und zwar im Liegen, wie Konstantin es von ihm gefordert hat. Ich überlege, ob Lisa recht damit hat, wenn sie sagt, dass man einem Anfänger nicht zumuten sollte, eine Arie in solch einer Position zu schmettern. Aber dieser junge Sänger macht seine Sache doch ganz gut.

Biondello glaubt, in der Ferne jemanden zu hören, der sich langsam nähert. Er versteckt sich eilig. Tatsächlich tauchen plötzlich Celidora und Lavina auf – und nun ist auch Calandrino nicht mehr fern.

Laut Varescos Libretto erleben wir ein Treffen der Verliebten im Garten des Hauses, und das nun folgende Quartett, in dem sie sich ihrer gegenseitigen Zuneigung versichern, ist musikalisch wahrlich herzzerreißend schön.

Als der letzte Ton verklungen ist, verabschieden sich die beiden Paare brav voneinander. Celidora und Lavina verschwinden wieder im Turm, Biondello und Calandrino machen sich freudig an die Umsetzung ihres Plans.

An dieser Stelle soll Calandrino sich als ein Mann aus dem fernen Ägypten verkleiden und Don Pippo sein Geschenk überreichen: Die *Gans von Kairo* würde hereingefahren, der Marchese nicht schlecht darüber staunen, das Licht ginge aus, und es würde dunkel. Pause.

„Diese Szene proben wir, sobald wir die Kostüme haben - und vor allem unsere Gans", rufe ich in Richtung Bühne. „In einer guten Viertelstunde starten wir mit dem zweiten Teil des Durchlaufs."

Wir setzen uns gemeinsam in die vorderen Reihen im Zuschauerraum, um einen Augenblick zu verschnaufen. Aber auch, um unsere ersten Eindrücke untereinander auszutauschen.

„Ich habe einen Vorschlag, was mein erstes Duett mit Auretta betrifft", meldet sich Chichibio. „Als wir uns wieder versöhnen, könnten wir an einer Stelle ein paar Rock 'n' Roll-Schritte einbauen. Das würde musikalisch gut passen."

„Wozu soll das gut sein?", fragt Konstantin.

„Ich kann mir das durchaus vorstellen", meint Lisa. „Du musst uns in den Noten mal die Stelle zeigen, die du meinst. Und dann lass es uns einfach mal probieren."

Chichibio nickt zustimmend.

„Mir ist eine Sache in der Opernhandlung nicht ganz klar", wende ich mich dann an Konstantin. „Wozu benötigen Biondello und Calandrino für die Befreiung von Celidora und Lavina überhaupt diese Gans, wenn sie doch in dem eben gehörten Quartett schon im Garten miteinander turteln?"

„Eine berechtigte Frage", erklärt Konstantin. „Aber es ist eben ein Fragment. Wir wissen nicht, was sich Varesco und Mozart dabei gedacht haben – und müssen es daher so akzeptieren, wie es ist. Letztlich ist doch diese wunderbare Musik wichtiger als jede Logik."

„Ja, da gebe ich dir recht."

„Ich finde, es passt nicht ins Rokoko, dass Celidora eine Brille trägt", wirft Biondello ein.

„Ja, das stimmt", meint Lisa. „Während der Proben ist das kein Problem, doch zu den Vorstellungen geht das so nicht."

„Aber ohne Brille kann ich kaum etwas sehen", entgegnet Celidora. „Wenn ich bei meinem ersten Auftritt von hinten langsam nach vorn an den Bühnenrand schreite und dann auch nur einen Schritt zu viel mache, stürze ich womöglich in Mozarts Wohnzimmer."

„Du musst einfach die Schritte zählen, die du machen darfst. Dann kann da nichts passieren", rät Lisa.

„Noch ein Vorschlag für die erste Schauspielszene, was Constanze betrifft", meldet sich Lukas und wendet sich an Melissa. „Was hälst du davon, wenn du auf dem Sofa, während du gelangweilt in dem Modejournal blätterst, fortwährend Konfekt naschst, das in einer Schachtel neben dir auf dem Boden steht?"

„Keine schlechte Idee", sage ich. „Während die schwangere Constanze davon träumt, wieder schöne Kleider tragen zu können, mästet sie sich frustriert mit Naschwerk. Das entbehrt nicht einer gewissen Komik."

„Dann will ich mir aber zumindest aussuchen, was ich da in mich hineinstopfe", fordert Melissa.

„Klar. Kein Problem."

Die Pause ist beendet. Mozart setzt sich wieder auf seinen Platz am Rand der Opernbühne. Biondello und Calandrino warten auf ihren Einsatz. Alle anderen verschwinden im Backstage-Bereich.

„Wie besprochen überspringen wir die Szene mit der Gans erst einmal", verkündet Konstantin. „Das ist also der Teil mit den neu komponierten Rezitativen und der

Gänse-Arie mit dem deutschen Text. Wir machen weiter mit dem Finale."

Su via putti, presto, presto! *singt Calandrino.* Auf denn, Kinder, schnell, schnell! *Auf der noch leeren Bühne versuchen Biondello und Calandrino, die imaginären Wände der Burg einzureißen. Sodann steigen Celidora und Lavina aus dem vermeintlichen Loch, das in der noch nicht vorhandenen Mauer entstanden ist.* Bravi, bravi, allegramente! *feuert Celidora ihre Befreier an.* Bravo, bravo, nur frisch voran!

Kaum sind die Damen befreit, erscheinen Chichibio und Auretta. Sie sind in heller Aufregung. Don Pippo habe sein Haus verlassen, und womöglich ist er auf dem Weg hierher. Bevor sie gemeinsam fliehen können, stellt sich ihnen der Hausherr in den Weg. Wütend ruft er nach den Wachen, der Chor betritt die Bühne. Don Pippo und seine Wächter stehen den Liebespaaren gegenüber. Alle singen Si vedrà chi vincerà – Wir werden ja sehen, wer siegt. *Dann lässt sich der Chor überraschend die Lanzen aus den Händen reißen. Don Pippo wütet, die Paare triumphieren. Schließlich verklingt der Gesang.*

Ich finde, es herrscht noch ein ziemliches Chaos auf der Bühne, wenn Don Pippos Gefolgschaft auf die drei Liebespaare stößt, aber zu einem richtigen Finale gehört eben auch ein Pulk von Menschen und ein wenig Tumult.

Mozart ist mit seiner Musik überaus zufrieden. Auch mit den Sängerinnen und Sängern, die nun hinter der Bühne verschwinden. Das Arbeitslicht wird eingeschaltet, so als wäre die Vorstellung beendet – und Mozart springt hinunter in sein Wohnzimmer. Einen Moment später taucht auch Da Ponte wieder auf. Er möchte wissen, wie es mit der neuen Oper vorangeht. Mozart lobt seine Kompositionen, gesteht

dann aber freimütig, dass ihm die Handlung der neuen Oper
überhaupt nicht gefällt. Varesco sei ein Dilettant, was die
Opera buffa betrifft. Jetzt wagt auch Da Ponte, einen Schritt
auf Mozart zuzugehen. Salieri sei nichts gegen ihn. Die beiden
sind sich einig: Sie sollten sich zusammentun. Da Ponte
schlägt eine Oper über Casanova vor. Mozart interessiert sich
jedoch im Augenblick mehr für die Stücke von Beaumarchais.
Nun, man wird sehen ...

Irgendwo an diesem Punkt soll der Abend enden.

„Ich könnte mir vorstellen, dass sie sich zum Schluss
auf *Le nozze di Figaro* einigen und mit einem Glas Wein
auf die gemeinsame Arbeit anstoßen", sage ich. „Dann
erklingt aus den Lautsprechern die Ouvertüre des *Figaro*, das Licht geht aus – und das ist dann das Ende."

„Klingt gut", meint Konstantin.

Wir kommen auf der Bühne wieder alle zusammen.
Zufriedene, leicht erschöpfte Gesichter. Ein schöner An-
blick, denke ich.

„Wann bekommen wir denn endlich die Gans zu sehen?", fragt Biondello.

„Sie ist fast fertig", antwortet Florian. „Ich denke, zur
nächsten Probe hier auf der großen Bühne wird sie da
sein."

„Darauf bin ich auch schon sehr gespannt", höre ich
eine Stimme aus den hinteren Reihen im Zuschauerraum. Ich drehe mich um und sehe Herrn Stürmer.

„Sind Sie schon länger hier?", frage ich ihn. „Wir haben Sie gar nicht bemerkt."

„Ich war zwischendurch immer mal kurz drin und
habe heimlich zugeschaut."

„So, so."

„Gefällt mir wirklich gut. Mozart ist ja immer ein Zugpferd. Und wenn er dann sogar noch selbst auf der Bühne steht ...!"

„Es war nicht einfach, ihn zu dieser doch recht aufwändigen Zeitreise zu überreden", flachse ich.

11

„Eine Séance?" Konstantin stutzt.

Ich sitze einmal mehr mit ihm und Florian im Café Campus, und wir sprechen miteinander über die Werbemaßnahmen für unser Theaterprojekt.

„Stürmer hat mich auf die Idee gebracht", erkläre ich.

„Inwiefern?"

„Nach unserem Durchlauf auf der großen Bühne hat er davon geschwärmt, dass Mozart immer ein Publikumsmagnet sei. Insbesondere, meinte er, wenn der dann auch noch persönlich auf der Bühne erscheint."

„Das war doch ein Scherz", meint Florian.

„Ja, sicher. Und ich habe darauf geantwortet, dass es ein ziemlicher Aufwand gewesen sei, Mozart zu dieser Zeitreise zu überreden."

„Noch ein Scherz. Toll."

„Aber das hat mich eben auf die Idee gebracht: Wir kündigen an, dass wir in einer Séance Kontakt zum leibhaftigen Mozart aufgenommen haben und ihn überreden konnten, bei unserem Stück selbst mit auf der Bühne zu stehen."

„Wer ist denn so blöd, so einen Schwachsinn zu glauben?", regt Konstantin sich auf.

„Darum geht es doch gar nicht. Natürlich glaubt das niemand. Es ist eine Art PR-Gag."

„Zeig mal her." Florian greift sich meine Notizen und liest den von mir verfassten Text laut vor.

„War Wolfgang Amadeus ein Genie – oder ist er ein Punk? Der Versuch, ihn mittels einer Séance in die Gegenwart zu rufen, soll zeigen, was er uns heute noch zu bieten hat. Mozart selbst präsentiert die wohl skurrilste Idee, die je einer Opernarbeit entsprungen ist. Niemals hat man Vergleichbares auf der Bühne gesehen!"

„Klotzen statt Kleckern", kommentiert Konstantin den Text.

„Na, klar", sage ich. „Und wir beginnen unsere Werbung mit einer Aufkleber-Aktion."

Die beiden blicken mich erwartungsvoll an.

„Headline: *Mozart kommt nach Hamburg*. Darunter etwas kleiner: *Die Gans von Kairo*. Sonst nichts."

„Und was soll das bringen? Ohne weitere Informationen sind solche Aufkleber doch nutzlos", meint Konstantin.

„Diese Botschaft soll einige Wochen vor unserer Premiere überall in Hamburg kleben. Keiner weiß, was es bedeutet. Jeder fragt sich, was das soll. Das macht neugierig und prägt sich ein. Und irgendwann kommt dann die Auflösung: Premiere in der Markthalle."

„Du meinst das funktioniert?" Florian sieht mich skeptisch an.

„Ich denke schon."

„Okay, einen Versuch ist es sicher wert", gesteht Konstantin.

Einige Tage später sitze ich mit meinen drei Schauspielern wieder im Probenraum. Bevor wir uns mit dem gesamten Ensemble auf der großen Bühne treffen, möchte ich noch einmal die grundsätzlichen Probleme ansprechen, mit denen wir bei unseren Proben konfrontiert sind.

„Eure Dialoge werden nach meinem Empfinden zunehmend aggressiver", erkläre ich mit Blick auf Lukas und Fabrizio. „Es ist richtig, dass ihr euch aneinander reibt, miteinander messt, streitet und euch gegenseitig provoziert. Aber das muss wieder leichter werden. Eleganter. Ihr sollt euch nicht anbrüllen. Tauscht die Boxhandschuhe gegen das Florett."

„Das hast du jetzt aber schön formuliert", stichelt Lukas.

„Ich weiß, dass du dich von Fabrizios sehr speziellem Charme provoziert fühlst. Als Mozart solltest du ihn aber nicht so wichtig nehmen, sondern eher über den Dingen stehen. Bleib bei dir selbst. Denke immer daran: Du bist ein Genie."

„Und Da Ponte ist nun mal ein selbstverliebter Italiener", erklärt Fabrizio mit einem süffisanten Lächeln.

„*Fabrizio* ist ein selbstverliebter Italiener", kontert Lukas.

„Und Mozart ist ein infantiler Rüpel", giftet Fabrizio wiederum und fügt hinzu: „Auf jeden Fall hat er keinen Stock im Arsch."

„Habt ihr nicht zugehört?", mischt sich Melissa ein. „Ihr solltet das alles leichter nehmen. Eure Hahnenkämpfe gehen mir auf die Nerven."

„Danke, Melissa", sage ich. „Was dich betrifft: Lass dich nicht von Fabrizio verunsichern. Du bist als Constanze oft viel zu angespannt. Nimm es leichter. Es ist ein Spiel. Es ist kein Drama, sondern eine Komödie. Rokoko eben."

„Alles klar, Boss", reagiert Fabrizio mit einem ironischen Unterton.

„Ich meine es ernst."

Alle drei nicken, und wir machen uns auf den Weg in den großen Saal.

Auf der Bühne steht die Gans, umringt von den Sängerinnen und Sängern. Stolz beobachten Florian und Jonas vom Rand des Geschehens aus, mit welcher Bewunderung der große, weiße Vogel begrüßt wird. Das Tier ist ungefähr zwei Meter hoch, mit einem Watteflies überzogen und hockt auf einem Holzbrett mit kleinen Rädern. Es hat blaue Augen und einen Schnabel aus orangefarbener Pappe. Der Korpus ist nach oben hin offen, so dass hinten jemand hineinsteigen und sich verstecken kann. Der Clou: Die Gans kann ihren Kopf drehen, denn er ist auf einer Holzstange montiert, die in ihrem Hals steckt. Die Person, die in dem Tier sitzt, kann die Stange von innen bedienen.

„Sie ist wirklich wunderschön!", schwärmt Celidora.

„Vorsicht, dass sie nicht nach dir schnappt", frotzelt Jonas, den ich nun das erste Mal wahrnehme. Florian hat öfter über ihn gesprochen, und er hat davon geschwärmt, wie attraktiv dieser Jonas sei. Er hat ein wenig übertrieben, finde ich.

„Hast du auch den Umhang mitgebracht?", fragt Biondello mit Blick auf Florian.

„Habe ich", antwortet dieser und zieht ein Stoffbündel – weiß mit zarten grünen Streifen - aus seiner Tasche.

„Können wir uns jetzt mal konzentrieren", ruft Konstantin in den Raum. „Ich möchte gern den Auftritt der Gans proben. Die komplette Szene, die wir letztes Mal beim Durchlauf übersprungen haben."

Der Vogel wird seitlich in die Kulissen geschoben, und das gesamte Ensemble verteilt sich dann in den vorderen Reihen des Zuschauerraums und blickt auf die Bühne.

„Ruhe, bitte", sagt Konstantin. „Wir fangen an."

Biondello und Calandrino stellen sich vor die noch nicht vorhandenen Mauern der im Libretto beschriebenen Burg. Den Umhang, den Biondello eben über seinem rechten Arm getragen hat, wirft er nun um die Schultern Calandrinos, der sich die Kapuze des Umhangs tief ins Gesicht zieht, damit ihn niemand erkennen kann. Dann verschwindet Biondello hinter der Bühne, und gleich darauf erscheint Don Pippo, der wissen möchte, wer da um sein Haus schleicht. Calandrino stellt sich als Gesandter aus Ägypten vor, der dem Marchese ein Hochzeitsgeschenk aus Kairo überreichen möchte: eine Gans. - Eine schnöde Gans? - Nein, vielmehr eine sprechende Riesengans. Don Pippo ist hocherfreut und tierisch neugierig. Musikalisch begleitet vom Marsch der Janitscharen *zieht Calandrino die Gans aus den Kulissen auf die Bühne.*

„Stopp", rufe ich. „Genau an dieser Stelle setzen wir die Pause und schicken das Publikum ins Foyer."

„Die Pause überspringen wir jetzt aber und machen gleich weiter", fügt Konstantin hinzu.

Der zweite Teil der Vorstellung beginnt.

Die Gans dreht langsam ihren Kopf in Richtung des Zuschauerraums. Don Pippo ist begeistert, lobt das Wunderwerk an Federvieh, beginnt zu singen, und während er nun aufgeregt seine Gänse-Arie *schmettert, bemerkt er gar nicht, dass aus dem Rücken des Tieres plötzlich Biondello hervorlugt, der sich in der Gans versteckt hat.*

Nachdem der Marchese seine Arie beendet hat, wünscht er, das Tier sprechen zu hören. Vergeblich. Der Gesandte aus Ägypten meint, die Gans sei nach der langen Reise womöglich zu erregt und bräuchte vorerst Ruhe. Dafür zeigt Don Pippo natürlich Verständnis, lässt den Fremden mit seinem Geschenk allein und geht ab. Im nächsten Augenblick steigt Biondello aus der Gans, und gemeinsam schreiten sie zur Tat, die beiden Damen aus dem Turm zu befreien. Das Finale beginnt.

„So. Bis hierhin", sage ich.

Wenige Tage später und noch rechtzeitig vor dem nächsten Durchlauf auf der großen Bühne liefert Florian die Kostüme. Wie von ihm angekündigt, hat jede Person ihre eigene Farbe. Sämtliche Kleider sind im prächtigen Rokoko, und es ist kaum zu erkennen, dass sie aus billigem Futtersatin genäht und mit simplen Geschenkband verziert sind. Selbst die Kostüme für den Chor überraschen: giftgrüne, bodenlange Kapuzenmäntel, vorn geschlossen und weit ausladend. Und Lisa hat auch die Perücken schon in die Garderobe gebracht, die von einer Maskenbildnerin der Staatsoper noch einmal frisch frisiert wurden.

Die Bauten sind ebenfalls fertiggestellt. Mozarts Bühne wird sparsam mit Sofa, Schreibtisch und Stuhl möbliert. Schreibtisch und Stuhl hat Florian kantig und ohne einen einzigen rechten Winkel aus Einzelteilen zusammengezimmert, die von ihm abwechselnd mit blauer, gelber, grüner oder roter Folie überzogen wurden. Das Sofa ist – genau wie der große Vorhang, der

Schauspiel und Oper voneinander trennt - schwarz mit einigen Applikationen in denselben Farben. Auf der Opernbühne ist in der gesamten Breite eine Wand aus weißem Watteflies gespannt, die in der Mitte von einer doppeltürigen Pforte getrennt wird. Und in der ersten Szene steht im Zentrum ein weiß gedeckter Tisch mit mehrstöckigen Hochzeitstorten aus pastellfarbenem Schaumstoff.

Unser erster kompletter Durchlauf mit Kostüm und Bühnenbauten läuft nahezu reibungslos. Bloß die Übergänge von Schauspiel zu Oper und umgekehrt haken noch ein wenig, und Calandrino weigert sich weiterhin, seine Perücke aufzusetzen. Wir lassen ihn aber vorerst gewähren und hoffen auf seine Einsicht bis zur Premiere.

Als besonders eindrucksvoll erweist sich am Ende die Schaukelszene mit Mozart und Da Ponte. Es entstehen großartige Bilder, deren Poesie selbst den Fotografen begeistert, den wir engagiert haben. Und auch die Kapriolen zwischen Auretta und Chichibio bieten schöne Momente. Ihre Rock 'n' Roll-Schritte und ein Sturz von Chichibio mit seinem Stuhl, der im letzten Augenblick von Auretta abgefangen wird, sind – neben der Gans natürlich - echte Highlights im Opernteil.

Stürmer schaut zwischendurch immer mal wieder herein, und wenn ich dann zu ihm hinübersehe, nickt er mir aufmunternd zu und lächelt. Ich denke, wir sind auf einem guten Weg.

Überall in der Stadt stoßen wir mittlerweile auf unsere Botschaft: *Mozart kommt nach Hamburg – Die Gans von Kairo*. Bei einer Produktion mit mehr als 20 Beteiligten ist es ein Leichtes, flächendeckend für Werbung zu sorgen. Jeder hat sich einen Stapel Aufkleber mit auf dem Weg nach Hause genommen und unterwegs großzügig Spuren hinterlassen. Die Vorfreude ist riesig in unserem Ensemble.

Nun proben Schauspiel und Oper erst einmal wieder getrennt voneinander. Wir feilen an Details, und so wird das Duell zwischen Komponist und Librettist tatsächlich wieder komödiantischer, verliert die aggressive Schärfe. Und Constanze gewinnt an Selbstvertrauen, lernt, sich gegen Fabrizio zu behaupten, der sich allerdings auch etwas zurücknimmt.

Von Lisa höre ich, dass Konstantin seine Dramaturgin mehr und mehr gewähren lässt, sich nicht gegen jede schöne Idee mit Händen und Füßen wehrt – und sogar selbst mit einigen hübschen Einfällen überrascht.

Als wir dann endlich zu den letzten Proben wieder auf die große Bühne zurückkehren, kommt uns Stürmer mit dem Programmflyer entgegen, in dem unsere Premiere angekündigt wird. *Uraufführung* steht da, und das ist ja insoweit korrekt, dass diese, unsere Fassung bislang nirgendwo zu sehen war.

Nur wenige Tage später erscheinen in der Presse die ersten Vorankündigungen, und zwar in allen großen Hamburger Zeitungen. Sogar im *Stern* und im *Spiegel* werden wir erwähnt, und ich bin mir ziemlich sicher, dass unsere Aufkleber-Aktion zusätzlich dazu beigetragen hat, in der Öffentlichkeit eine größere Aufmerksamkeit zu erzeugen.

Eine Zeitung schreibt: *Wie es sich für Gänse gehört, ist auch die aus Kairo gefüllt: mit einem feurigen Italiener.* Gut, so feurig italienisch ist unser Biondello gar nicht, aber das können die Journalisten ja noch nicht wissen. *Mozarts schnatternder Opern-Torso* titelt ein Magazin und fügt hinzu: *Eine Synthese aus Rokoko und Gegenwart, Oper und Schauspiel.* Die Headline in einer anderen Zeitung gefällt mir ganz besonders: *Mozart trifft Lorenzo Da Ponte in der Markthalle.* Also wird unsere Séance nicht nur Mozart, sondern auch Da Ponte in die Gegenwart locken? Was will man mehr?

1 2

„Ja, mein Sohn hat das Opernfragment entdeckt. Es ist ja bislang völlig unbekannt." Ein älterer Herr, der von einer Gruppe von Gästen umringt ist, erhebt seine Stimme und zieht die Aufmerksamkeit auf sich. „Mein Sohn hat das *alles* hier auf die Beine gestellt. Er ist Musikwissenschaftler, müssen Sie wissen", schwadroniert er weiter. „Mozart ist sein Fachgebiet. Natürlich hat er auch Regie geführt."

Es ist offensichtlich der Vater von Konstantin. Der Mann sieht aus wie ein Versicherungsvertreter, der verzweifelt um Verträge kämpft, die er unbedingt abschließen muss, um seinen bescheidenen Lebensstandard halten zu können. Schön, denke ich, wenn ein Vater stolz auf seinen Sohn ist. Mag das berechtigt sein oder auch nicht.

Ich schaue auf die Uhr. Es ist kurz nach sieben, der Abend unserer Premiere. Um halb acht ist Einlass für das Publikum und eine halbe Stunde später soll die Vorstellung beginnen.

Das Foyer füllt sich langsam. Viele der Gäste erinnern mich an die typischen Operngänger. Damen haben sich in ein mehr oder weniger geschmackvolles Abendkleid gezwängt, Herren tragen den obligatorischen schwarzen Anzug mit weißem Hemd und Krawatte. Aber auch viele junge, lässiger gekleidete Leute sind zu sehen. Ein sehr gemischtes Publikum. Natürlich sind einige Freunde da, die mir im Vorbeigehen auf die Schulter klopfen und Glück wünschen - oder von weitem zuwinken. Die Atmosphäre unter den Anwesenden ist geprägt von einer erregten Anspannung, so als würde Großes erwartet und – hoffentlich! - noch Größeres geschehen.

Lisa kommt mir entgegen, die im Eingangsbereich unsere Programmhefte verkaufen soll.

„Hast du mal vor die Tür gesehen?", fragt sie mich.

„Nicht in den letzten anderthalb Stunden."

„Der Himmel hat sich total zugezogen. Es ist auf einmal stockdunkel draußen, und es sieht verdammt nach einem Unwetter aus."

„Dann hoffen wir mal, dass es nicht losbricht, bevor all unsere Gäste eingetroffen sind."

Lisa nickt, lächelt kurz und kehrt mir dann wieder den Rücken Richtung Eingang.

„Weißt du, wo Konstantin steckt?", rufe ich ihr hinterher.

Sie zuckt mit den Schultern, ohne sich umzusehen und verschwindet aus meinem Blickfeld.

Ich eile hinter die Bühne, um mich zu vergewissern, dass alles nach Plan läuft. Florian ist gerade damit beschäftigt, die Sängerinnen und Sänger zu schminken und ihnen die Perücken aufzusetzen. Mit Genugtuung registriere ich, dass auch Calandrino die gepuderte Zweitfrisur nicht länger verweigert. Fabrizio – bereits in

Kostüm und Maske - hat sich in die hintere Ecke der Garderobe zurückgezogen und zelebriert seine Entspannungsübungen. Melissa und Lukas sind – wie ich höre - schon auf der Bühne und haben dort ihre Positionen eingenommen. Es sind nur wenige Minuten, bis die Türen geöffnet werden und das Publikum hereinströmen darf.

Vor ein paar Tagen haben wir noch Gänsedaunen besorgt, die von uns - wie bei einer Art heidnischem Ritual - um die Mozart-Bühne herumgestreut wurden. Lisa hatte außerdem die Idee, einen billigen Koffer-Plattenspieler in Mozarts Wohnzimmer zu stellen. Bereits während die Zuschauer den Saal betreten werden, um ihre Plätze einzunehmen, wird also die schwangere Constanze – auf dem Sofa liegend – in dem Modejournal blättern, Mozart in den Textbüchern stöbern, die sich auf seinem Schreibtisch stapeln – und aus dem kleinen Lautsprecher des Plattenspielers soll sein Streichquartett d-Moll krächzen. Es ist die Komposition, die er fertiggestellt hatte, bevor er mit seiner Arbeit an der *Gans von Kairo* begann.

Ich springe hinunter in das Quadrat der Mozart-Bühne und gehe zum Plattenspieler. Lukas und Melissa lassen sich nicht von mir stören; sie sind ganz in ihren Rollen. Dann setze ich die Nadel auf das Vinyl, und die Musik beginnt zu spielen. Für die Ordner an den Türen das Signal, den Zugang zum Saal freizugeben. Unsere Zuschauer treten nach und nach ein und suchen sich einen Platz. Zwischen ihnen entdecke ich nun auch Konstantin.

Um kurz vor acht ist der Saal voll besetzt. Blickten die Gäste anfangs erwartungsvoll auf Lukas und Melissa, haben sie inzwischen das Interesse daran verloren.

Schnell wurde den meisten klar, dass auf der Bühne nichts weiter passieren wird, solange das Einlasslicht im Saal nicht erloschen ist. Und immer noch spuckt der kleine Lautsprecher die schnarrenden Töne des Streichquartetts aus.

Plötzlich steht Konstantin neben mir.

„Zwei Leute aus dem Chor sind noch nicht da", keucht er.

„Die haben doch erst nach der Pause ihren Auftritt", antworte ich.

„Aber ich habe allen gesagt, dass sie spätestens 30 Minuten vor Beginn hier zu sein haben", faucht er.

„Die kommen sicher gleich."

Konstantin winkt hektisch ab und verschwindet wieder hinter der Bühne.

Und dann ist es so weit: Schlagartig erhebt sich Mozart von seinem Schreibtisch, stürzt zu dem Plattenspieler und gibt dem Tonarm einen Stoß, so dass die Nadel brutal über das Vinyl schrapt. Die Musik bricht abrupt ab, Mozart setzt sich zurück an seinen Arbeitsplatz, und mit dem Lichtwechsel verstummt das aufgeschreckte Publikum.

In diesem Augenblick erhebt sich draußen über den Dächern ein heftiges Gewitter. Es donnert und beginnt zu stürmen und zu regnen. Das Wasser prasselt über uns auf das Gebäude, und der Sturm reißt die Luken auf, die rundherum im Saal die Fenster verschließen und das Tageslicht aussperren sollen.

Besser hätten wir den Beginn unserer Vorstellung nicht inszenieren können: Mittels einer Séance haben wir Wolfgang Amadeus Mozart in die Gegenwart zu locken versucht, und begleitet von tosendem Sturm und

Gewitter erscheint der Meister im Scheinwerferlicht der Hamburger Markthalle. Es ist nahezu gespenstisch.

Gebannt blickt das Publikum auf Constanze und Mozart. Ihr Spiel ist derb, lasziv und nicht ohne Komik. Schon zu Anfang gibt es Szenenapplaus, wenn Stanzerl mit schriller Stimme die französischen Modetrends umschreibt, von denen sie gelesen hat - und sich nebenbei fortwährend Eiskonfekt in den Mund schiebt, das schon in ihrer Hand zu schmelzen beginnt und zwischen ihren Fingern hindurchläuft. Als es ihr Minuten später gelingt, Wolferl von seinem Schreibtisch zu scheuchen, entwickelt sich daraus zwischen den beiden eine wilde Jagd quer durch das Wohnzimmer, so dass die Gänsedaunen am Rand der Bühne hoch in die Luft wirbeln. Donner und Blitz dringen von außen in den Saal, begleiten die Raserei - und das Spiel nimmt seinen Lauf ...

Drei Stunden später erheben Mozart und Da Ponte ihre Gläser, stoßen miteinander an, und aus dem Off erklingt die Ouvertüre von *Le Nozze di Figaro*. Dann erhebt sich ein stürmischer Applaus. Ich blicke mich um, weil ich in die Gesichter des Publikums sehen möchte. Keine Frage: Unsere Premiere ist ein voller Erfolg. Immer wieder preschen die Schauspieler und Sänger von hinten nach vorn an den Bühnenrand, um sich zu verbeugen. Immer wieder brandet der Applaus auf, und schließlich werden auch Konstantin, Florian, Lisa und ich auf die Bühne geholt. Erst nach einer guten Viertelstunde verstummen die Ovationen, nach und nach leert sich der Saal.

Es dauert eine Weile, bis sich alle Beteiligten unseres Ensembles im Foyer gesammelt haben. Die gelungene

Premiere soll an der Bar des Hauses entsprechend gefeiert werden. Wir haben Verwandte und Freunde eingeladen, und ich entdecke in der Menge auch wieder Konstantins Vater, der erneut einigen Gästen von seinem grandiosen Sohn erzählt.

Das Büffet haben wir diesmal beim Italiener bestellt, aber kaum jemand nimmt im Augenblick davon Notiz. Alle sind damit beschäftigt, den Abend, aber auch die vergangenen Monate der Vorbereitungen und der gemeinsamen Arbeit noch einmal Revue passieren zu lassen. Ein Gefühl der Befreiung hat sich breitgemacht und vermischt sich mit Wehmut und Euphorie. Wehmut, weil die anstrengende, aber eben auch beglückende Zeit der gemeinsamen Proben vorüber ist. Euphorie, weil die Arbeit ganz offensichtlich mit Erfolg belohnt wird.

„Wie ist überhaupt die Idee zu dem Projekt entstanden?", fragt mich ein Freund, der zur Premiere extra aus Berlin angereist ist, und ich erzähle ihm von unserem Abend, an dem wir uns zuerst in der Oper *Don Giovanni* angesehen und dann in einer Bar Konstantin kennengelernt haben.

„Diese erste Idee hat überraschend schnell eine Eigendynamik entwickelt, so dass ich dir gar nicht mehr erklären kann, wie es letztlich dazu kam, dass wir es dann tatsächlich realisiert haben."

„Ist es nicht wunderbar gelaufen?", fragt mich Lisa, während sie an mir vorbeirauscht und in der Menge gleich wieder verschwindet.

„Ich bin gespannt, wie die Presse reagiert", rufe ich ihr noch hinterher, aber das hört sie gar nicht mehr.

Lukas, Melissa und Fabrizio kommen auf mich zu. Sie wirken entspannt.

„Findest du nicht auch, dass Fabrizio heute richtig gut war?", fragt mich Lukas. „Endlich hat er einmal seine verdammte Eitelkeit abgelegt und sich ein bisschen zurückgenommen."

„Ich habe mich überhaupt nicht zurückgenommen!", protestiert Fabrizio.

„Doch hast du", beharrt Lukas und lacht.

„*Maledetto*, habe ich nicht!"

„Wahrscheinlich, weil du aufgeregt warst." Lukas lässt nicht locker.

„Blödsinn."

„Du hattest Lampenfieber. Das ist völlig normal."

„Ich war überhaupt nicht aufgeregt, und ich habe mich auch nicht zurückgenommen."

„Was sagst *du*?", wendet sich Lukas an Melissa.

„Ja, Fabrizio, du warst wirklich etwas aufgeregt."

Fabrizio sieht plötzlich aus, als würde er gleich explodieren. Dann hält er inne, und im nächsten Augenblick müssen wir alle lachen.

„Ich lass euch mal allein", sage ich, entdecke Konstantin am Büffet und gehe zu ihm hinüber.

„Na, deine beiden Leute vom Chor sind noch rechtzeitig aufgetaucht, oder?", frage ich.

„Ja, in letzter Minute. Ich habe Ihnen aber gesagt, dass sie morgen pünktlich sein sollen."

„Sie waren doch pünktlich, wenn sie noch in letzter Minute gekommen sind."

„In letzter Minute ist eben *nicht* pünktlich. Ich habe allen gesagt ...."

„Ich weiß, Konstantin", unterbreche ich ihn. „Sei nicht so streng."

„Ah, ein Freund von Konstantin ...?" Plötzlich steht sein Vater neben uns und strahlt mich an. „War das nicht ein wunderbarer Abend?"

„Allerdings."

„Mein Sohn hat das Opernfragment entdeckt", fährt er fort und zeigt auf Konstantin. „Er hat das *alles* hier auf die Beine gestellt. Er ist Musikwissenschaftler, müssen Sie wissen."

„Papa, wir haben das zusammen gemacht", geht Konstantin kleinlaut dazwischen.

„Ach, Sie sind einer der Mitarbeiter meines Sohnes. Gratulation, junger Mann." Er klopft mir jovial auf die Schulter.

„Entschuldigen Sie mich bitte. Ich habe da gerade jemanden entdeckt, den ich begrüßen muss", sage ich, kehre Vater und Sohn den Rücken und gehe auf Florian zu, der allein an der Bar steht.

„Na, zufrieden mit dem Abend?", frage ich ihn und lege meinen Arm um seine Schulter. Er lächelt mich erschöpft an und nickt.

„Glaubst du, sein Vater ist ihm peinlich?", will Florian von mir wissen und schaut zu Konstantin und dessen Vater hinüber, die sich gerade von drei älteren, grell geschminkten Damen bestaunen lassen.

„Ein bisschen schon, denke ich. Aber er genießt sicher auch den Stolz seines alten Herrn."

„Tut bestimmt gut, wenn man die ganze Zeit das Gefühl nicht losgeworden ist, seinen hohen Ansprüchen an sich selbst vergeblich hinterher zu jagen." Florian kann sich ein Grinsen nicht verkneifen.

„Hey!" Plötzlich steht Harry neben uns. Ein kleiner, dicklicher Kerl, der wie immer eine schwarze, löchrige Jeans und ein verwaschenes, ehemals ebenso schwarzes

T-Shirt mit Totenkopf trägt. Er wirkt stets etwas ungepflegt, ist aber eine Seele von Mensch. Bis vor kurzem haben wir ihn immer den *Punk* genannt. Bis er uns verraten hat, dass er Harry heißt. Er ist gewissermaßen das Faktotum der Markthalle: stets zur Stelle, wenn man Hilfe braucht und absolut zuverlässig.

„Was von Mozart haben wir hier ja nicht so oft", verrät er uns. „Und ich kenne mich da auch nicht sehr gut aus. Aber diese Geschichte mit der Gans ...!" Harry lächelt. „Scheint ein echt schräger Typ gewesen zu sein, dieser Mozart."

„Ja, irgendwie schon", entgegne ich.

„Aber ihr seid auch eine ziemlich verrückte Truppe", meint Harry dann.

„Auch da liegst du nicht so verkehrt, Harry."

„Willst du einen Zug?" Er reicht mir seinen Joint.

„Danke, nett von dir. Aber nicht jetzt."

„Nun sei mal nicht so ...!", insistiert er.

„Ja, sei nicht so", drängt auch Florian, gibt mir einen Stoß und lächelt.

„Na, schön. Einmal."

Als ich mir zwei Tage später am Kiosk sämtliche Tageszeitungen besorge, bin ich immer noch erfüllt von unserem gelungenen Premierenabend. Der Saal der Markthalle war bis zum Bersten gefüllt. Es war heiß und stickig, und die Luft gärte geradezu vor Hitze und Anspannung. Es ist uns tatsächlich gelungen, die Zuschauer mitzureißen, und zum Dank wurden wir am Ende regelrecht gefeiert.

Mit dem Stapel Zeitungen unterm Arm kehre ich in meine Wohnung zurück, lasse mich auf das Sofa fallen und begebe mich gleichermaßen erwartungsvoll und doch mit einem mulmigen Gefühl auf die Suche, wühle mich durch die Seiten knisternden Papiers, hoffe auf Lob und fürchte Kritik.

„Die Truppe setzte das Spiel höchstvergnüglich in Szene", lese ich. „Stellenweise schon ein wenig überdreht, aber doch voll glänzender Einfälle."

„Eine gelungene Ausgrabung von Mozarts verschütteter Oper.

Das ist witzig geschrieben und pfiffig inszeniert."

„In Gestik und Mimik erinnern die Darsteller an Figuren der Commedia dell'Arte."

„Die Sänger karikieren ihre Rollen so gekonnt, dass sie stets glanzvoll daneben wirken. Biondello zum Beispiel hat das feurige Temperament eines Marzipanschweins."

„Das Finale zeigt, wie weit Mozarts Fähigkeiten in der durchkomponierten Vokalmusik bereits entwickelt waren."

„Der Truppe ist es gelungen, die musikalischen Höhepunkte des Fragments zu präsentieren und es gleichzeitig zu überwinden. Weitere Spielmöglichkeiten möchte man dieser fabelhaften Produktion wünschen."

Erleichtert lege ich die Zeitungen beiseite und lehne mich zurück.

Das Telefon klingelt. Es ist Florian.

„Hast du die Kritiken gelesen?", fragt er mich.

„Gerade eben."

„Wir können zufrieden sein, oder?"

„Auf jeden Fall."

13

Eine Woche später sitze ich mit Florian und Konstantin das erste Mal seit längerer Zeit wieder im Café Campus. Gestern absolvierten wir unsere letzte Vorstellung in der Markthalle. Unsere *Gans von Kairo* war jeden Abend ausverkauft und am Ende stets von langanhaltendem Applaus begleitet. Nun ist alles vorbei. Ein wenig Ernüchterung macht sich breit.

„Dominik hat es ziemlich verletzt, dass man ihn in der Presse mit einem Marzipanschwein verglichen hat", erzählt Konstantin.

„Er sollte das nicht persönlich nehmen", entgegne ich. „Es geht um die Rolle, die er gespielt hat. Ein Liebhaber mit dem feurigen Temperament eines Marzipanschweins passt eigentlich doch bestens in die Besetzungsliste einer Komödie."

„*Du* bist ja auch nicht das Marzipanschwein", meint Florian.

„Überhaupt klingt in vielen Kritiken mehr oder weniger deutlich durch, dass die Sängerinnen und Sänger eben noch Studenten sind und ihre Stimmen nicht immer perfekt", beklagt sich Konstantin weiter.

„Es steht da aber auch, dass sie diesen Mangel mit ihrem komödiantischen Spiel locker wieder wettgemacht haben", halte ich dagegen. „Und meine Schauspieler sind ja ebenfalls nicht ganz ungeschoren davongekommen. Einer fand Mozart zu vulgär, ein anderer Constanze zu schrill oder Da Ponte zu selbstverliebt. Irgendjemand hat immer etwas zu meckern."

„Wir können insgesamt aber mit der Resonanz zufrieden sein", stellt Florian fest. „Die Kritiken sind unterm Strich sehr, sehr positiv ausgefallen."

Wir stimmen ihm zu.

„Ich habe übrigens eine Idee für ein neues Projekt." Konstantin sieht uns erwartungsvoll an. „*Le Cinesi* von Christoph Willibald Gluck."

Florian winkt ab. „Ich muss jetzt meine Ausstellung für Berlin vorbereiten. Ich bin also raus."

„Mir geht es ähnlich", sage ich. „Andere Dinge haben jetzt erst einmal Vorrang."

Konstantin wirkt enttäuscht, sagt aber nichts mehr. Eine halbe Stunde schwelgen wir noch gemeinsam in den Erinnerungen an die letzten Monate. Von einem möglichen neuen Projekt wird nicht mehr gesprochen. Dann gehen wir auseinander. Ohne zu verabreden, ob wir uns zusammen einmal wiedersehen werden.

Am Abend darauf treffe ich mich mit Florian allein in einem Restaurant am Hafen. Kurz vor unserer Premiere hatte er mir erstmals von seiner Einladung nach Berlin erzählt. Spontan war mir der Gedanke gekommen, dass ich ihn begleiten könnte. Dass es doch schön wäre, wieder einmal zusammen wegzufahren. Ich sprach diesen

Gedanken aber nicht aus. Während wir uns nun im Restaurant gegenübersitzen und in die Speisekarte starren, kommt mir in den Sinn, dass es eine günstige Gelegenheit wäre, ihm die gemeinsame Reise vorzuschlagen.

„Ich möchte ..." – Wir beginnen gleichzeitig mit denselben Worten das Gespräch, brechen dann beide wieder ab und müssen lachen.

„Du zuerst", bittet Florian.

„Nein, du", erwidere ich.

Der Kellner bringt unsere Getränke. Wir schweigen einen Augenblick. Dann setzt Florian erneut an. Er atmet tief durch.

„Es geht um Jonas."

„Den Theaterplastiker."

„Genau." Florian schluckt. „Ich habe mich in ihn verliebt."

„Oh ...!" Im selben Moment verwerfe ich die Idee einer gemeinsamen Reise nach Berlin und verliere ein wenig den Boden unter den Füßen.

„Und Jonas geht es genauso. Wir haben ..."

„Ihr habt euch *beide* verliebt", unterbreche ich Florian. Er nickt.

Ich sage ihm, dass so etwas ja irgendwann passieren musste. Wir seien schon lange kein Paar mehr, und es war abzusehen, dass einer von uns beiden irgendwann wieder jemanden kennenlernen würde. Doch ...

„Es ist seltsam", gestehe ich dann. „In der letzten Zeit habe ich mich öfter gefragt, warum wir uns eigentlich getrennt haben. Mir ist bewusst geworden, dass ich dich immer noch sehr mag. Und dass ich mir nicht vorstellen kann, dich ganz zu verlieren."

„Das kann ich mir auch nicht vorstellen", erwidert Florian prompt. „Du bist und bleibst mein bester Freund."

„Ja."

Mehr aber eben nicht, denke ich, und ich fühle mich auf einmal schrecklich allein, obwohl sich eigentlich doch nichts geändert hat. Und doch ändert sich alles. Eine Traurigkeit überkommt mich. Weil Florian glücklich ist und ich nichts damit zu tun habe.

„Lass uns das Thema wechseln", bitte ich ihn, aber an diesem Abend geschieht nichts mehr, was meine Stimmung aufzuhellen vermag.

In den Tagen darauf versuche ich mich abzulenken und arbeite intensiv an einem Artikel über mehrfach vertonte Opernstoffe. *Können Sie sich vorstellen, wie unterschiedlich sich - zum Beispiel - Othellos rasende Eifersucht in Musik setzen lässt?* Mit dieser Frage beginne ich meinen Text und muss natürlich sofort an Florian denken, der nun mit seiner Berliner Ausstellung beschäftigt ist, zu dessen Eröffnung ihn sicher dieser Jonas begleiten wird.

Zwei Wochen später, ich habe gerade meinen Artikel in der Redaktion abgeliefert, finde ich Post aus Wien in meinem Briefkasten. Absender ist das Büro der Wiener Festwochen. Spontan denke ich an die Pressestelle, die mir in meiner Eigenschaft als Journalist sicher Informationen zum Programm des kommenden Jahres zuschickt. Ich öffne den Umschlag und ziehe einen Brief hervor, der das Motto des nächsten Festivals ankündigt: *Mozart heute*. Als ich dann weiterlese, erfahre ich zu meinem Erstaunen, dass es sich bei dem Brief um eine Einladung handelt. Jedoch nicht zur Pressekonferenz: Die

Leitung der Wiener Festwochen hat vielmehr von unserer *Gans von Kairo* erfahren und möchte die Produktion für die kommende Saison als Gastspiel einkaufen. Ich muss den Brief noch zweimal lesen, um seinen unglaublichen Inhalt zu begreifen.

Als Erstes rufe ich Konstantin an, der begonnen hat, sich mit der Inszenierung von *Le Cinesi* zu beschäftigen.

„Wie kommen die denn auf uns?", fragt er mich.

„Ich nehme an, die haben einige der zahlreichen Kritiken gelesen, die in den Printmedien erschienen sind."

„Aber die können doch keine Inszenierung einladen, die sie nicht selbst gesehen haben", meint Konstantin.

„Ich werde mal mit denen telefonieren. Dann sehen wir weiter."

Im Hintergrund höre ich, dass einige Leute ungeduldig nach Konstantin rufen, und wir beenden das Telefonat.

Dann spreche ich nacheinander mit Lukas, Melissa und Fabrizio, um ihnen von der Einladung zu erzählen. Alle drei sind gleichermaßen sprachlos und begeistert.

„Gleichgültig, ob es ein Erfolg wird oder ein Flop", meint Lukas. „In jedem Fall macht sich ein Gastspiel bei den Wiener Festwochen ausgezeichnet in der Vita."

Florian erreiche ich dann tatsächlich in Berlin bei den Vorbereitungen zu seiner Ausstellung. Er wirkt sehr gestresst, und ich spüre eine seltsame Entfremdung zwischen uns, frage mich, ob ich mir das vielleicht nur einbilde, spreche es aber nicht an.

„Erinnerst du dich?", fragt er mich. „Wir wollten immer mal zusammen nach Wien, aber irgendwie hat es nie geklappt."

„Ja", sage ich nur.

„Lass uns da unbedingt zusagen", fügt er dann hinzu. „Ich muss hier jetzt weitermachen. Wir reden später."

Am Tag darauf rufe ich im Büro der Wiener Festwochen an. Natürlich seien wir gemeint, höre ich eine Dame sagen, nachdem sie in ihrem Computer überprüft hat, ob unsere Produktion in der Datei aufgeführt ist.

„Wir haben neue Inszenierungen von Mozart-Opern aus ganz Europa eingeladen", erklärt sie mir dann und zählt auf: „Royal Opera House - London, Teatro San Carlo - Neapel, Teatro Donizetti - Bergamo, Théâtre Royal de la Monnaie - Brüssel ..."

„Sie wissen aber schon, dass unser Stück eine Off-Produktion ist?", frage ich.

„Ja..?", stutzt die Dame einen Moment. „Aber dieses relativ unbekannte Fragment von Mozart ...! Wir hätten es uns ja gern angesehen, haben aber leider zu spät davon erfahren. Da hatten Sie schon abgespielt."

Eine Pause entsteht

„Wollen Sie etwa nicht?", fragt die Dame dann.

„Äh, doch ...! - Wo sollen wir denn überhaupt auftreten?"

„Warten Sie ... – Im Museumsquartier."

„Ah, ja."

„Nennen Sie uns Ihre Konditionen. Dann sehen wir weiter."

Da sich Florian immer noch in Berlin aufhält, treffe ich mich mit Konstantin und Lisa allein im Café Campus. Es ist später Nachmittag. Konstantin kommt gerade von einer Probe. Er will tatsächlich diese Oper von Gluck inszenieren. Lisa, die sich inzwischen hauptsächlich wieder um ihr Studium kümmert, ist – wie ich jetzt erst erfahre – in diese Arbeit nicht involviert.

„Ich habe mit einigen der Sängerinnen und Sänger gesprochen“, erzählt sie dann. „Sie haben alle große Vorbehalte. Die Wiener Festwochen sind ein hochkarätiges Festival, wo fast ausschließlich die großen Opernhäuser zu Gast sind. Da treten eigentlich keine Studenten auf.“

„Aber ich habe denen erklärt, dass es sich um eine Off-Produktion handelt. Das spielt offensichtlich keine Rolle“, versichere ich.

Doch Lisa bezweifelt, dass alle Sängerinnen und Sänger zusagen werden. Konstantin schlägt daraufhin vor, die Beteiligten aus seiner Le-Cinesi-Produktion zu fragen, von denen jemand vielleicht die eine oder andere Rolle übernehmen könnte. Was aber bedeuten würde, dass wir erneut viele Proben ansetzen müssten. Das würde sich dann allerdings auch lohnen, da unsere Produktion zwar kostendeckend gewesen ist, aber nun haben wir die Möglichkeit, ein wenig Geld damit zu verdienen. Unter Umständen genügend Geld, um auch einmal Gagen auszahlen zu können.

Kurzum: Wir beschließen, dass ich die Einladung zu den Wiener Festwochen annehmen soll. Damit stellt sich die Frage, wieviel Geld wir pro Vorstellung verlangen können. Einerseits muss es genug sein, dass sich der Aufwand einer teilweise erneuten Einstudierung lohnt. Andererseits sollte die Forderung nicht zu hoch ausfallen, damit den Verantwortlichen in Wien deutlich wird, dass wir kein großes Opernhaus vertreten.

Bei der erneuten Nachfrage in Wien erfahre ich, dass vier Vorstellungen geplant sind. Ich fordere 6000 pro Abend, die uns ohne weitere Diskussionen zugesagt werden. Außerdem verabreden wir, dass ich mit Konstantin und Florian gemeinsam vorab nach Wien fliegen werde. Für das restliche Ensemble wollen die Organisatoren einen Reisebus mieten. Requisiten und Kostüme sollen per Spedition nach Wien transportiert werden.

Nachdem alle Details bezüglich des Gastspiels geklärt sind, spreche ich mit Herrn Stürmer von der Markthalle, der sichtlich beeindruckt ist. Selbstverständlich sichert er uns dann weitere sechs Abende zu, die nach unserer Rückkehr aus Wien eingeplant werden sollen. Unsere Arbeit an Mozarts *Gans von Kairo* ist also noch nicht beendet.

1 4

Neun Monate sind inzwischen vergangen. Wir haben inzwischen wieder begonnen zu proben, und in wenigen Tagen werden wir zu unserem Gastspiel nach Wien aufbrechen. Nicht nur die drei Schauspieler sind weiterhin dabei, sondern Konstantin und Lisa ist es gelungen, auch alle Sängerinnen und Sänger, ja, selbst den kompletten Chor zu überreden, nicht aus dem Projekt auszusteigen. Wir mussten also gar nicht so viele Probentage ansetzen, wie wir ursprünglich befürchtet hatten.

Konstantin hat in der Zeit zuvor tatsächlich seinen Gluck-Einakter auf die Bühne gebracht. Ich war natürlich neugierig und habe die Premiere besucht. Bedauerlicherweise fehlte der Inszenierung jeglicher Esprit, und so musste ich mich durch eine langweilige, fantasielose Veranstaltung quälen. Höhepunkt des Abends war eine Schaukelszene, die mir natürlich ziemlich bekannt vorkam.

Auch Lukas hatte ich zwischendurch noch einmal wiedergesehen. Er konnte eine kleine Rolle am Thalia

Theater ergattern, spielte in *Biedermann und die Brandstif-ter* den Polizisten. Lukas bot mir eine Freikarte an. Also habe ich mir die Inszenierung angeschaut, und wir sind nach der Vorstellung etwas trinken gegangen.

„Als Mozart hatte ich mehr Spaß", gestand er mir dann. „Aber immerhin ist es das Thalia Theater. Es wird einigermaßen gut bezahlt."

„Hast du noch Kontakt zu Melissa und Fabrizio?", fragte ich ihn.

„Mit Melissa habe ich vor kurzem telefoniert", verriet er mir. „Sie trainiert sich weiter durch alle erdenklichen Workshops."

„Und Fabrizio?"

„Er soll sich, wie ich gehört habe, wieder mit kleinen Fernsehauftritten finanziell über Wasser halten: die üb-lichen Kellner und Mafiosi, die ja in keiner TV-Serie feh-len dürfen."

Dann erzählte mir Lukas, dass er nach seinem Enga-gement am Thalia Theater wohl nach Köln an eine kleine Privatbühne gehen würde. Bis zur Wiederaufnahme un-serer Proben habe ich dann nichts mehr von ihm gehört.

Selbst Florian hatte ich eine Zeit lang kaum gesehen. Seine Beziehung zu Jonas hat jedoch bald erste Risse be-kommen. Hatten sie sich am Anfang gegenseitig versi-chert, nicht aufeinander eifersüchtig zu sein, störte es Jo-nas dann doch mehr und mehr, wenn Florian sich mal mit mir zum Essen traf. Und mit der zunehmenden Nör-gelei von Jonas, steigerte sich Florians Interesse an ge-meinsamen Abenden mit mir. Als dann die Proben zu unserem Stück wieder begannen, eskalierte die Situa-tion. Immer öfter gab es Streit zwischen den beiden. Jo-nas wird für unsere Produktion ja nicht mehr gebraucht. Die Gans ist nach wie vor einsatzbereit.

Mir hatte man übrigens bei dem Kulturmagazin eine Stelle als leitender Redakteur angeboten, was ich jedoch ablehnt habe. Ich kann mir einfach nicht vorstellen, jeden Tag zu einer festgelegten Zeit in irgendeinem Büro zu erscheinen, arbeite also weiterhin als freier Mitarbeiter für die Redaktion.

Nun geht es endlich nach Wien! Sämtliche Bühnenelemente, Requisiten und Kostüme sind gestern verladen worden und inzwischen per Spedition auf dem Weg. Die Kostüme hatte Florian vorher noch in die chemische Reinigung gegeben. Sie rochen muffig und waren übersät mit Schweißflecken. Wir bangten und hofften, dass die doch recht improvisiert angefertigten Kleider die Prozedur der Reinigung unbeschadet überstehen würden. Und so ist es: Zu unserer Erleichterung sind sie nun frisch und sauber wie am ersten Tag.

Die Flüge sind gebucht, der Reisebus gechartert. In der hiesigen Presse wird zwei Tage vor unserer Abreise noch einmal mit großer Bewunderung über unsere Einladung zu den Wiener Festwochen berichtet. Wir packen unsere Koffer und freuen uns auf eine Woche an der schönen blauen Donau.

Am Flughafen von Wien wartet bereits ein Shuttle, um Konstantin, Florian und mich ins Zentrum zu fahren. Auf den Straßen, die zum Museumsquartier führen, entdecken wir überall Wegweiser zu unserem Aufführungsort, die mit einer Schablone auf die Pflastersteine gesprüht wurden. Wir sind beeindruckt, aber irgendwie auch ein wenig eingeschüchtert. Ist das nicht zu viel der Ehre? Werden da nicht Erwartungen geschürt, die wir in solch einem Rahmen gar nicht erfüllen können? Dann entdecken wir die Plakate, die unsere Produktion ankündigen und müssen feststellen, dass unser Stück als *Oper von Mozart* angekündigt wird. Nicht, wie wir es eigentlich wollten, als *Stück mit Musik von Mozart*. So steht unsere *Gans von Kairo* gleichwertig neben den Mozart-Inszenierungen großer Opernhäuser: London, Neapel, Brüssel ... - Uns wird ein wenig mulmig.

Als wir die für uns vorgesehene Halle im Museumsquartier betreten, werden wir herzlich begrüßt. Anders als in der Hamburger Markthalle, wo wir die gesamte Bühne natürlich selbst aufbauen mussten, wurde das hier bereits von den zahllosen Bühnenarbeitern erledigt, die überall herumwuseln. Zu unserem Erstaunen werden wir dann sogar gefragt, in welcher Farbe die Wände in der Halle gestrichen werden sollen. Nach kurzer Überlegung entscheiden wir uns für schwarz.

Uns wird ein *kleiner Imbiss* angeboten: eine weiß eingedeckte Tafel mit leckeren Antipasti. Wir bedanken uns, greifen zu und werden kurz darauf von einem jungen Mann angesprochen, schlaksig und höchstens 1,60 m groß. Er stellt sich als Norbert vor und ist der Lichtdesigner für unser Projekt.

„Habt ihr etwas dagegen, wenn ich euer Lichtkonzept ein wenig modifiziere?", fragt er uns. „Da könnten wir mit ein paar zusätzlichen Lichteffekten noch mehr rausholen. In eurer Markthalle waren die Möglichkeiten wohl sehr beschränkt."

Wir nicken und stimmen freudig zu.

Nebenbei erfahren wir, dass alle vier Vorstellungen unseres Gastspiels bereits ausverkauft sind. Ich überlege, ob bei uns wohl dieselben Leute sitzen werden, die am Tag zuvor nebenan *Così fan tutte* aus dem Londoner Royal Opera House bestaunt haben.

Eine Stunde später werden wir draußen vor der Halle zum Interview gebeten. Eine elegante Dame hält uns ein Mikro vor die Nase und fragt nach unserem Konzept und dem Inhalt des Fragments von Mozart, über das sie ganz offensichtlich kaum etwas weiß. Anschließend werden wir in die Straßen des schönen Wiens entlassen, denn der Rest des Tages ist Freizeit. Wir gehen erst einmal ins Hotel, das nicht besonders luxuriös ist, aber recht in Ordnung. Modern und schlicht, ohne Schnörkel und somit – wie wir einhellig beschließen – nicht gerade typisch Wien.

Am Abend fahre ich mit Florian und Konstantin zum Essen ins *Grünauer*, das uns der junge Lichtdesigner als *Original Wiener Beisl* empfohlen hat: ein gepflegt rustikales Wirtshaus. Die Speisekarte enthält alle Spezialitäten, die die österreichische Küche zu bieten hat: Gekochtes Rindfleisch, Gulasch und Wiener Schnitzel, aber auch so ausgefallene Kreationen wie *Geselchte Rindszunge in einer Krensauce mit Grammelschmarrn*. Florian wählt das Gulasch, ich entscheide mich - wie Konstantin – für das Wiener Schnitzel. Dann lassen wir unsere Eindrücke von diesem ersten Tag Revue passieren.

„Wir werden hier viel zu stark hofiert", meint Florian. „Das gefällt mir nicht. Das kann nur schiefgehen. Die wissen offensichtlich gar nicht, wer wir sind."

„Quatsch", entgegnet Konstantin. „Das, was du als hofieren empfindest, ist Standard bei einem hochkarätigen Festival wie diesem."

„Das Wort *hochkarätig* macht mir allein schon Angst", sagt Florian.

Konstantin winkt ab. „Wir sind in Hamburg vom Publikum gefeiert worden. Warum sollte das hier anders sein?"

„Blöd nur", gebe ich zu bedenken, „dass wir von der Festival-Leitung auf den Plakaten falsch angekündigt worden sind."

Dann kommt unser Essen, und ohne ein weiteres Wort darüber zu verlieren, scheinen wir alle drei stillschweigend beschlossen zu haben, dass *Die Gans von Kairo* auch in Wien ein Erfolg werden wird.

Am nächsten Vormittag will ich mit Florian ins Leopold Museum fahren. Wir möchten uns die Bilder von Egon Schiele ansehen, die wir beide besonders schätzen. Konstantin hat abgewunken und will sich einfach ein bisschen in der Altstadt treiben lassen.

„Das erste Mal in Wien!", schwärmt Florian, als wir die Stufen zum Eingang des Museums hochlaufen. „Wie oft haben wir damals, als wir uns kennenlernten, davon geträumt, hierher zu fahren."

„Wien war immer unser Sehnsuchtsort, ja."

Wir bewunderten den Jugendstil, die Gemälde von Gustav Klimt und die Musik von Gustav Mahler. Wir stellten uns vor, unsere Tage in traditionsreichen Wiener Kaffeehäusern zu vertrödeln, uns mit Esterházy-Torte, Kaiserschmarren und Topfenpalatschinken vollzustopfen und anschließend durch die Wiener Secession zu wandeln. Ein Teil davon hat seinen Reiz für uns inzwischen verloren, Schiele verehren wir nun mehr als Klimt, Bauhaus ziehen wir mittlerweile dem Jugendstil vor. Aber Gustav Mahler schätzen wir noch immer, und auf nahezu nichts freuen wir uns hier in Wien mehr, als darauf, die Kaffeehäuser zu stürmen.

Nach einer guten Stunde, die wir nahezu schweigend durch die Gemäldesammlung geschlendert sind, landen wir schließlich im Museumsshop, wo Florian ein Buch mit bislang unveröffentlichten Gedichten von Egon Schiele entdeckt, das er kauft und fest verspricht, es mir später einmal auszuleihen. Dann laufen wir durch die Stadt zum *Café Hawelka* im ersten Bezirk, bestellen jeder einen Großen Braunen und Apfelstrudel.

„Was macht eigentlich dein Jonas in der Zeit, wo wir hier in Wien sind?", frage ich Florian und bin mir durchaus bewusst, dass in meiner Stimme ein leicht provozierender Unterton mitschwingt.

„Das ist nicht *mein* Jonas", ätzt Florian. „Keine Ahnung, was er macht."

„Umso schöner wird nachher das Wiedersehen", flöte ich und kann mir ein leichtes Grinsen nicht verkneifen.

„Du weißt genau, dass es zwischen uns nicht mehr so gut läuft. Er ist mir schlicht zu eifersüchtig. Das nervt."

„Er merkt eben, dass es bei uns immer noch blitzt und funkelt", sage ich.

„Nun, blitzen und funkeln würde ich das nicht nennen."

„Aber da war doch immer schon eine besondere Aura. Es gibt so viel, was uns miteinander verbindet."

„Liebster, ich hab dich wirklich sehr gern. Du bist der wichtigste Mensch in meinem Leben ..."

Liebster hat er gesagt.

„Aber du bist für mich längst eher wie ... wie ein Bruder. Ich könnte nicht noch einmal eine Beziehung mit dir anfangen. Das geht nicht mehr."

Ich schaue auf die Uhr. Wir haben noch anderthalb Stunden Zeit. Dann sollte der Reisebus mit unserem Ensemble beim Hotel eintreffen.

Als wir zum Hotel kommen, steht der bereits leere Bus schon vor der Tür. In der Lobby entdecken wir Konstantin und Lisa, die sich mit der Dame an der Rezeption unterhalten. Als Lisa uns sieht, kommt sie auf uns zu.

„Unsere Leute sind gerade auf ihre Zimmer gegangen. Wir haben vereinbart, dass wir uns alle in einer halben Stunde hier unten treffen. Dann wollten wir gemeinsam zum Museumsquartier hinübergehen."

Ich frage, ob die Fahrt mit dem Reisebus einigermaßen angenehm gewesen sei. Etwas strapaziös, meint Lisa. Aber insgesamt in Ordnung. Fabrizio habe die ganze Mannschaft bestens unterhalten.

Pünktlich treffen alle Beteiligten in der Lobby ein. Die Stimmung ist gut. Sie sind aufgeregt, plappern durcheinander und können es gar nicht erwarten, den Aufführungsort in Augenschein zu nehmen. Fabrizio hat die Sängerinnen um sich geschart und erzählt ihnen Anekdoten von seiner ersten Reise nach Wien, die er einst als verliebter Teenager unternommen hatte. Melissa und Lukas stehen etwas abseits und studieren einen Stadtplan. Lisa unterhält sich mit Chichibio und meinem Florian, der nie wieder mein Florian sein wird. Dabei behält sie immer unsere ganze Gruppe im Blick. Zwei Leute aus dem Chor kommen schließlich die Treppe hinunter. Wir sind offensichtlich vollzählig, denn nun bewegt sich Lisa Richtung Eingangstür, dreht sich zu uns um und beginnt, mit der rechten Hand zu winken.

„Alle mal herhören, bitte", ruft sie in die Runde. „Wir gehen jetzt gemeinsam hinüber zum Museumsquartier. Es ist nicht sehr weit. Wir können das gut zu Fuß machen. Mir bitte folgen."

Im Museumsquartier entert das Ensemble die Bühne. Auftritte und Abgänge werden diskutiert, Arien angestimmt, Dialoge rezitiert. Es wird gekichert, gelacht, gebrüllt, geflüstert, die Akustik überprüft. Der Raum wird erobert. Wir sind angekommen. Nur ein paar Stunden noch. Morgen Abend. Dann geht das Licht aus. Und das Spiel beginnt.

15

Dominik alias Biondello quälen heftige Bauchschmerzen. Er gesteht uns, dass er in der Woche vor der Abreise eine Diät gemacht hat, damit er in Wien all die köstlichen Kuchen und Torten auch ausgiebig genießen kann.

„Wie kannst du eine Woche hungern und dir dann mit Sahne und Nougat den Bauch vollschlagen?", frage ich ihn.

„Darüber habe ich nicht nachgedacht", jammert er.

Wir haben heute Abend unsere erste Vorstellung. In 45 Minuten soll es losgehen. Ich sitze hinter der Bühne bei unserem Ensemble in der Garderobe. Alle sind schrecklich aufgeregt.

„Wollen wir nicht fragen, ob wir für Dominik einen Kamillentee bekommen können?", fragt Lisa fürsorglich.

„Wo willst du denn jetzt einen Kamillentee hernehmen?", blafft Konstantin, der befürchtet, dass es an diesem Abend keinen Biondello geben könnte.

„Ich schaffe das schon", beruhigt ihn Dominik. „So schlimm ist es nicht."

Melissa, Lukas und Fabrizio gehen derweilen in seltener Einigkeit gemeinsam ihren Text durch und lassen sich von der Hektik, die in der Garderobe herrscht, nicht anstecken.

Ich schaue auf die Uhr. Inzwischen müssten die ersten Gäste eingetroffen sein.

„Es ist so weit. Ihr müsst auf die Bühne", sage ich zu Melissa und Lukas. Dann rufe ich ein *toi toi toi* in die Runde und gehe nach vorn ins Foyer.

Als mir ein Pulk von Besuchern entgegenkommt, blicke ich in ausnahmslos ernste Gesichter. Ich muss an unsere Vorstellungen in der Hamburger Markthalle denken. Die Leute waren fröhlich und guter Dinge. Man konnte ihnen ansehen, dass sie sich auf einen amüsanten Abend freuten. Sie wollten einigermaßen intelligent unterhalten werden. Gleichgültig, ob sie leger gekleidet oder in seriöse Roben gezwängt waren. Die Menschen hier aber, die nun nach und nach den Saal erobern, machen den Eindruck, als würden sie genötigt, einer strapaziösen Angelegenheit beizuwohnen, die höchste Konzentration und Ernsthaftigkeit erfordert. Eine bedrückende Stimmung schlägt mir entgegen. Ob ihnen gestern womöglich die Londoner *Così fan tutte* sauer aufgestoßen ist? Natürlich lieben sie ihren Mozart heiß und innig. Doch würde man ihnen zum Beispiel seinen sechsstimmigen Kanon *Leck mich im Arsch, g'schwindi, g'schwindi!* servieren, rümpften sie sicher ihre Nasen. Aber vielleicht haben sie sich auch einfach das ganze Jahr auf den Beginn der Festwochen gefreut und sind nun dermaßen aufgeregt und voll freudiger Erwartung, dass ihnen das entspannte Lächeln für einen Moment entglitten ist. Schließlich wurde von ihren Vorfahren doch irgendwann auch die Mozartkugel erfunden. So humorlos können sie also gar nicht sein.

Ich gehe wieder zurück in die Garderobe.

„Na, wie sieht's vorne aus?", fragt mich Florian, und alle blicken mich erwartungsvoll an.

„Es füllt sich", sage ich nur.

Sechzehn mehr oder weniger aufgeregte und angespannte Wesen in Kostüm und Maske sitzen nebeneinander in dem engen Raum und warten darauf, dass die Vorstellung beginnt. Florian kontrolliert ein letztes Mal, ob die Perücken nicht verrutscht sind, die Kostüme korrekt sitzen. Es ist mittlerweile ganz still in dem Raum.

Um kurz vor 20 Uhr kehre ich zurück in den Saal und setze mich vorn auf einen Platz an der Seitenwand, so dass ich das Stück verfolgen, aber auch die Reaktionen des Publikums beobachten kann.

Das Licht im Zuschauerraum erlischt, die Bühne wird im selben Moment erhellt und gibt den Blick auf Mozart und Constanze frei. Es geht los.

„In Versailles trägt man jetzt Kleider, die aus leichtem Batist gemacht sind …" Stanzerl stopft das Konfekt in sich hinein, schwatzt und schmatzt, rüttelt an Wolferls Nerven, aber er muss lesen, damit er endlich wieder komponieren kann. Stanzerl kämpft unerbittlich um seine Aufmerksamkeit, will am liebsten nicht mehr schwanger sein. *„Absolut verrückt, diese Mode. Findest du nicht?"*

Ich blicke in die ausdruckslosen Gesichter des seltsam distinguierten Publikums, und auf einmal beginne ich, alles mit ihren Augen zu sehen. Ja, das Spiel zwischen Mozart und Constanze ist derb und laut, erotisch und vulgär. Aber verdammt, so soll es doch sein. *Leck mich im Arsch, g'schwindi, g'schwindi!*

Dann springt das Wolferl auf die Opernbühne. Nun geht es endlich los, mögen die Leute denken. Noch flirtet Mozart allerdings ungeniert mit der Kammerzofe, dann aber wird gesungen. Darauf haben alle gewartet. Es wurde schließlich eine Oper angekündigt! Doch kann der Gesang, der dann zu hören ist, das Publikum dieser ehrwürdigen Wiener Festwochen überhaupt zufriedenstellen? Die Herrschaften rutschen nervös auf ihren Plätzen hin und her.

Da Ponte trifft nun auf Mozart. Ein Gespräch unter Männern. Der eine elegant, der andere ungehobelt. Wie kleine Kinder schwingen sie auf ihren Schaukeln. Wenn es dann um Frauen geht, mutieren sie allerdings beide zu Chauvis, und Stanzerl, dieses Luder, wirft sich dem selbstverliebten Italiener bei der erstbesten Gelegenheit an den Hals. Dabei ist sie gerade erst Mutter geworden. Herrn und Frau Mozart haben sich die Wiener sicher ganz anders vorgestellt.

Als daraufhin der Gesang des Quartetts der Liebespaare angestimmt wird, gibt es kein Halten mehr. Die Zuschauer, die eben noch nervös auf ihren Stühlen hin und her gerutscht sind, erstarren vor Schreck. Große Opernstimmen klingen anders! Die ersten Buh-Rufe kommen aus dem Publikum. Zögerlich erst, aber deutlich zu hören. Und es liegt nicht an Biondello, den vorhin ja noch Bauchschmerzen gequält haben. Es mag ja eine Komödie sein, eine *Opera buffa*, doch eine seriöse Angelegenheit ist das hier nicht.

Die Buh-Rufe mehren sich, werden lauter. Einige Leute stehen auf und verlassen den Saal. Sie verpassen den Auftritt der Gans, Höhepunkt des Abends. Die

Wiener aber finden diese Gans überhaupt nicht lustig. Sie finden sie albern und geschmacklos. Sie besitzen einfach keinen Humor. Bei Mozart hört der Spaß offensichtlich auf. Schlimm genug, dass es diese lächerlichen Mozartkugeln gibt.

Ich bin froh, dass ich nicht auf der Bühne stehe, und doch leide ich gemeinsam mit den Schauspielern und Sängern, die dem Groll, der ihnen entgegenschlägt, trotzen müssen. Am Ende gibt es ein Buhgewitter, wie man es hier wahrscheinlich bislang nicht gehört hat. Und nun müssen Lisa, Konstantin und ich auf die Bühne. Es ist schrecklich, und ich bin froh, wenn das alles vorbei ist. Dabei ist dieser Abend erst der Anfang, und der Jammer ist, dass alle vier Vorstellungen längst ausverkauft sind. Die Leute, die vielleicht Spaß an unserem Stück hätten, bekommen keine Karten mehr. Und unser strenges, humorloses Opernpublikum ist dazu verdammt, sich dem aus ihrer Sicht respektlosen Spektakel auszusetzen. Ihnen bleibt am Ende nur, sich dafür mit Buhrufen zu revanchieren.

„Wir sind einfach an ein völlig falsches Publikum geraten", sagt Lisa. „Die wollten große Oper. Das können wir nicht bieten. Und darum ging es uns ja auch gar nicht."

Am nächsten Tag ist keine Vorstellung geplant, und wir haben uns daher vorgenommen, zusammen in den Wienerwald zu fahren. Konnten wir gestern tagsüber auch noch nicht ahnen, wie katastrophal der Abend enden würde, scheint es mir jetzt genau die richtige Entscheidung gewesen zu sein. Bloß raus hier aus der muffigen Enge der Stadt, die uns bei unserer Ankunft so bunt und weltoffen erschien.

Wissenschaftler sollen festgestellt haben, dass Spaziergänge im grünen Dickicht das Stresshormon reduzieren. Düfte und Botenstoffe, die von den Bäumen ausgestoßen werden, reichern angeblich die Luft an und haben letztlich eine positive Wirkung auf unser Immunsystem. Also streifen wir durch die Wälder, atmen wir tief durch und lassen unsere Blicke in den Wipfeln schweifen.

„Im Nebel ruhet noch die Welt, noch träumen Wald und Wiesen ...", rezitiert Lukas. „Bald siehst du, wenn der Schleier fällt, den blauen Himmel unverstellt, herbstkräftig die gedämpfte Welt in warmem Golde fließen."

„Von dir?"

„Von Mörike."

Am nächsten Morgen greife ich mir in der Lobby des Hotels ein paar Zeitungen und suche nach den Kritiken. Meine schlimmsten Befürchtungen werden bestätigt: Sie sind vernichtend.

„Peinlich, das punkige Genie Wolferl: Jedes dritte Wort ist Sch..."

„Neben dem Komponisten und seiner Constanze begegnet man dem Librettisten Da Ponte, mit dessen Erscheinen die Aufführung völlig in den Bereich der Schmiere gerät."

„Gesprochen wird mit norddeutschem Akzent. Dabei spielt die Sache in Wien."

„Vergeblich suchen die jungen Gesangsstudenten nach den richtigen Tönen zur Klavierbegleitung."

„Man hat sich offenbar auf Zeitungsberichte verlassen und das Ensemble eingeladen, ohne vorher die Produktion auf ihre Tauglichkeit für Festivalansprüche zu überprüfen."

„Wer immer von den Festwochen diese Produktion einge-
kauft hat, gehört gefeuert."

Ich muss schlucken, packe die Zeitungen beiseite und
schaue auf die Uhr. In einer knappen halben Stunde
werden nach und nach die anderen zum Frühstück her-
unterkommen. Sie werden selbst die Zeitungen lesen
wollen, und was auch immer sie sich für den Tag in
Wien vorgenommen haben: Sie werden sich wünschen,
am liebsten ganz woanders zu sein.

Ernüchtert versammeln wir uns am Abend wieder in
der Garderobe des Museumsquartiers. Das durchaus
stimulierende Lampenfieber, das noch vor der ersten
Vorstellung herrschte, ist einer seltsamen Beklemmung
gewichen.

„Unser Mozart ist ihnen nicht süß und lieblich genug!", schimpft Lukas.

„Da verstehen die Österreicher eben keinen Spaß",
meint Florian. „In Salzburg steht eine Bronzefigur von
Mozart, nackt, mit weiblichem Torso, kräftigen Schen-
keln und grell geschminktem Gesicht. Aufgebrachte
Bürger sollen die Figur einmal geteert und gefedert haben."

„Und mit meinem Auftritt ist unser Stück vollends in
den Bereich der Schmiere geraten ...!" Fabrizio kann es
einfach nicht fassen, dass ein Journalist so etwas über
ihn geschrieben hat.

„Unsere Bedenken, was das Gastspiel hier betrifft,
waren also völlig berechtigt", stellt Biondello ernüchtert
fest. „Wir sind eben noch Studenten. Die haben bei den
Wiener Festwochen nichts zu suchen."

„Immerhin haben sie dich hier nicht *Marzipanschwein* genannt", scherzt Calandrino, und Biondello gibt ihm einen Tritt gegen das Schienbein.

Ich setze mich dieses Mal mitten ins Publikum, um deren Reaktionen hautnah erleben zu können. Schließlich weiß keiner von ihnen, wer ich bin. Bereits vor Beginn der Vorstellung spüre ich den Unmut der Leute um mich herum fast körperlich. Sie haben offensichtlich alle die Kritiken gelesen, ärgern sich, dass sie so viel Geld für die Eintrittskarten ausgegeben haben, und nun wollen sie wenigstens ihrem Ärger Luft machen. Wir haben keine Chance.

Schon während der ersten Szene zwischen Mozart und Constanze steigt eine Unruhe in den Zuschauerreihen auf. Die ersten Buh-Rufe folgen bald. Ich bekomme Angst, denn ich gewinne mehr und mehr den Eindruck, dass die Leute mich lynchen würden, wüssten sie, dass ich Autor und Regisseur des Stückes bin.

Irgendwie gelingt es dem Ensemble, die Vorstellung zu Ende zu bringen. Ich beneide meine Leute nicht einen Augenblick. Komödie zu spielen, wenn der Zuschauer sich für Tragödie entschieden hat, ist ein hoffnungsloses Unterfangen. Einige Gäste verlassen auch diesmal vorzeitig den Saal, doch die meisten bleiben und lassen sich den Spaß nicht nehmen, uns zu guter Letzt niederzubrüllen.

Auch die beiden letzten Aufführungen verlaufen nicht viel anders. Wir haben am Ende das Gefühl, jeden Abend saßen dieselben Menschen im Saal, um sich zu quälen, zu echauffieren - und sich am Schluss bei uns zu rächen. Schließlich ist unsere Stimmung derart niedergedrückt, dass wir uns sogar darüber wundern, warum die Leute vom Organisationsteam der Festwochen bis zur letzten Minute dennoch stets freundlich und zuvorkommend geblieben sind. Wir freuen uns auf die Rückreise nach Hamburg, aber wir fürchten auch unsere nächsten Auftritte in der Markthalle, wo wir im letzten Jahr so große Erfolge feiern durften. Wir können uns einfach nicht mehr vorstellen, dass uns das noch einmal gelingen wird.

1 6

Als wir am Tag unserer ersten Wiederaufführung in Hamburg die lokalen Zeitungen aufschlagen, sind wir überrascht. Keine erwähnt auch nur mit einem Satz unser Fiasko in Wien. Alle sind einfach stolz darauf, dass eine freie Theatergruppe aus Hamburg, noch dazu bis dahin völlig unbekannt, zu den Wiener Festwochen eingeladen wurde. Dass es einer Gruppe von jungen Künstlern gelungen ist, in den Kreis einiger der größten Opernhäuser Europas aufgenommen zu werden. Wir sind gleichermaßen irritiert und erleichtert.

„Sind die Hamburger nun weniger anspruchsvoll?", fragt Lukas nachdenklich in die Runde. „Oder sind die Wiener einfach stockkonservativ?"

„Ach, selbst die Italiener würden unsere Gans lieben", strahlt Fabrizio. „Viva l'oca!"

„Viva!", echot Melissa, die in den Armen von Fabrizio liegt, denn die beiden sind seit kurzem ein Paar, wie wir im Ensemble vor ein paar Tagen verblüfft zur Kenntnis genommen haben.

„Ich glaube, wir wären in Wien auch mit den besten Sängerinnen und Sängern der Welt durchgefallen", erkläre ich. „Die Festwochen-Schickeria hatte einfach ein Problem mit unserem Mozart."

„Vielleicht hätten wir darauf Rücksicht nehmen müssen", überlegt Konstantin. „Ich war von Anfang an nicht so überzeugt davon, aus Mozart eine Art Punk zu machen."

„Hätten wir ahnen können, dass wir nach Wien eingeladen werden?", frage ich. „Aber selbst dann hätte ich keine Kompromisse gemacht. Weißt du, es wird immer Menschen geben, denen es nicht gefällt, wenn die Realität sich nicht mit ihrem Weltbild deckt. Die Amerikaner wollen nichts davon hören, dass Frank Sinatra Kontakte zur Mafia hatte. Die Bayern wollen nichts davon hören, dass ihr König Ludwig schwul war. Die Wiener wollen nichts davon hören, dass ihr Mozart ein Rüpel gewesen ist."

„Aber dass wir bei den renommierten Wiener Festwochen gescheitert sind, werde ich nicht verwinden", antwortet Konstantin frustriert.

„Ach, Konstantin ...!", tönt Fabrizio mit einem Augenzwinkern. „Bedenke, dass du damit zukünftig überall angeben kannst. Niemand wird später danach fragen, wie erfolgreich wir waren."

Wir entschließen uns, nach vorn zu blicken und uns auf die Wiederaufführung in Hamburg zu freuen.

Am Abend spielen wir dann erneut vor ausverkauftem Haus. Diesmal gibt es keinen Regen oder Sturm, kein Gewitter, aber es gab ja auch keine Séance. Mozart musste von uns nicht mehr herbeigerufen werden. Er war ja schon da. Und gemeinsam mit dem gesamten

Ensemble begeistert er die Hamburger wie bei unserer ersten Vorstellung im Jahr zuvor. Mehrmals gibt es Szenenapplaus, und Höhepunkt ist wie immer der Auftritt der Gans. An den darauf folgenden Tagen verläuft es nicht anders. Bereits nach dem zweiten Abend gelingt es uns, den Frust, den wir aus Wien mitgebracht hatten, hinter uns zu lassen. Es macht wieder Spaß. Nicht nur uns, sondern auch den Zuschauern.

Die Woche darauf gehe ich mit Florian, Konstantin und Lisa gemeinsam essen. Lisa hat das Restaurant ausgesucht, möchte uns unbedingt einladen, und sie hat auch das Menü bereits vorab festgelegt. Als Entrée wird es einen kleinen Salat mit gegrillter Melone und Feta geben, anschließend gebratenen Seesaibling mit Erbsencreme, Kohlrabi und Citrus-Beurre blanc, und als Dessert wird ein Mandelmilcheis mit Orangengel versprochen.

„Lisa möchte uns ganz offensichtlich beeindrucken", staunt Florian, als der erste Gang serviert wird.

„Ich möchte mich vor allem für die Zusammenarbeit bedanken", erwidert sie. „Es hat großen Spaß mit euch gemacht, und ich bin stolz, dass ich dabei sein durfte. Trotz des Fiaskos in Wien. Es war alles in allem eine interessante Erfahrung."

Lisa erhebt ihr Glas mit dem Crémant, den sie ausgewählt hat, und wir stoßen gemeinsam an.

„Tja, nun ist es wohl wirklich vorbei", seufze ich. „Oder glaubt ihr, da liegt demnächst nochmal eine Einladung bei mir im Briefkasten?"

„In Wien hatte mich am ersten Abend nach der Vorstellung ein älterer Herr angesprochen", erinnert sich Konstantin. „Ein Engländer, überaus elegant gekleidet.

Er zeigte sich von unserer Inszenierung sehr begeistert und meinte, wir müssten unbedingt beim Festival in Spoleto auftreten."

„Spoleto?" Florian überlegt, während er ein Stück der gegrillten Melone genießt.

„Ein internationales Festival in Italien", erklärt Konstantin.

„Das war mit Sicherheit ein Spinner", sage ich. „Ein zweites Gastspiel bei einem internationalen Festival, das in einem Fiasko endet, würde mein Ego außerdem nicht verkraften."

„Nein, ich denke auch, dass es nun wirklich vorbei ist", bekräftigt Konstantin.

Der zweite Gang mit dem Saibling wird serviert, der optisch ein wenig an Lachs erinnert. Er gehört auch tatsächlich zur Familie der Lachse, wie uns Lisa erläutert, sei jedoch weniger fett und ihrer Meinung nach viel aromatischer. Eine Weile genießen wir und schweigen. Das Essen ist köstlich. Die Beurre blanc mit der leichten Zitronen-Note passt hervorragend zu dem Fisch, und ich überlege, ob ich überhaupt jemals eine Beurre blanc gekostet oder nur immer mal wieder davon gehört habe, dass diese weiße Buttersauce zu den Klassikern der französischen Küche gehört.

„Man hat mir übrigens in Schwerin eine Stelle als Dramaturg angeboten", sagt Konstantin plötzlich.

„Als Dramaturg?" Florian ist überrascht. „Hast du denn schon jemals an einem Theater gearbeitet?"

„Bislang nicht."

„Wie ich dich kenne, wirst du trotzdem zusagen." Florian grinst.

„Natürlich."

Menschen wie Konstantin, die unerschrocken jede Herausforderung annehmen, ohne darüber nachzudenken, ob sie der Aufgabe überhaupt gewachsen sind, fallen immer auf die Füße. Sie sind es, die am Ende Karriere machen, weil sie nicht – wie die Bescheideneren unter uns – an sich selber zweifeln und mit dem Schicksal hadern. Doch ich gönne es Konstantin. Ich selbst möchte kein Dramaturg werden. Ich denke, sie sind in der Regel viel zu schlecht bezahlt.

Während das Personal die von uns geleerten Teller abräumt und noch einmal die Weingläser füllt, taucht dann die Frage auf, was eigentlich mit den Kostümen und den Bühnenbauten geschehen soll. Florian schlägt vor, dass jeder sein eigenes Kostüm behalten sollte, wenn er oder sie es denn möchte. Zur Erinnerung gewissermaßen.

„Eine noble Geste", zeigt sich Konstantin beeindruckt.

„Was soll ich denn mit den Kostümen anfangen?", fragt Florian. „Das Sofa von Mozart würde ich allerdings gern für mich selbst behalten, euer Einverständnis vorausgesetzt. Und der Rest der Bühnenbauten kann wohl getrost auf den Sperrmüll. - Aber was machen wir mit der Gans?"

„Ich kenne einen Kinderladen, der sie sicher gern nehmen würde", wirft Lisa ein.

Der Vorschlag kommt überraschend, aber wir sind sofort alle begeistert.

„Lisa hat immer die besten Ideen", lobt Florian.

„Was wirst *du* jetzt überhaupt machen?", möchte ich von ihr wissen.

„Ich habe eine Hospitanz in der Operndramaturgie angeboten bekommen."

„Von Konstantin?" Florian muss lachen, und Lisa schüttelt den Kopf.

„Nein, nicht in Schwerin, sondern hier in Hamburg."

„Dann wünschen wir dir viel Glück!"

Schließlich kommt das Dessert und ein bisschen Wehmut steigt auf, während wir das Eis mit dem Orangengel löffeln. Der Abend neigt sich langsam dem Ende. Es war eine schöne Zeit.

In den Tagen darauf beschäftige ich mich mit der Recherche zu einem neuen Thema für das Kulturmagazin. Unabhängig voneinander melden sich Lukas und Fabrizio noch einmal bei mir. Lukas fragt mich, ob wir nicht ein weiteres Projekt in Angriff nehmen wollen. Es müsste ja nicht so aufwändig sein, wie die Mozart-Produktion, und wir sollten uns auf das Schauspiel konzentrieren. Ein Stück für drei oder vier Personen, gern wieder mit Musik. Lukas hatte es bei der Arbeit an der *Gans von Kairo* ja von Anfang an bedauert, dass er in seiner Rolle nicht singen durfte. In einer möglichen neuen Produktion könnten es zum Beispiel Lieder von Hollaender oder Songs von Sting sein, schlägt er vor. Ich verspreche ihm, darüber nachzudenken.

Fabrizio meldet sich bei mir aus dem gleichen Grund. Er möchte wahnsinnig gern ein Stück über Pasolini machen. Ich könnte es schreiben, er würde es gern selbst inszenieren – und natürlich auch die Hauptrolle spielen wollen. Ich erkläre Fabrizio, dass ich zu wenig über Pasolini weiß. Das aber lässt er nicht gelten. Schließlich könnten wir das Stück gemeinsam schreiben. Auch *ihn* vertröste ich.

„Verstaubt? Verstaubt und peinlich?" Florian starrt mich fassungslos an.

Ich stehe mit meinem nach wie vor besten Freund mal wieder am Tresen der *Bar du Nord*, wo wir meistens den Abend ausklingen lassen, wenn wir zuvor gemeinsam in der Oper waren. Eine neue Inszenierung von Mozarts *Entführung aus dem Serail* stand auf dem Programm.

„Die Musik ist natürlich immer noch wunderbar", räume ich ein. „Aber diese Geschichte über einen lächerlich furchterregenden Moslem, der in einem türkischen Harem zwei junge Frauen christlichen Glaubens gefangen hält. Und das alles verpackt als harmlose Komödie mit Triangel und Glockenspiel."

„Okzident trifft Orient" meint Florian. „Für mich ist es einfach ein opulentes Märchen wie aus 1001 Nacht."

„Mit allen erdenklichen Klischees: Turban, Pluderhose und Krummsäbel."

„Warum nicht? Ein Märchen eben."

„Man müsste einen neuen Ansatz finden", überlege ich. „Eine Interpretation, die einen Blick auf die heutige Gesellschaft wirft."

„Warum muss denn immer alles unbedingt aktualisiert werden?"

„Das Serail könnte eine Metapher sein ..."

„Eine Metapher?"

„Zum Beispiel für unser eigenes absurdes Leben, in dem wir gefangen sind. Da geht es um das Suchen nach Glück, um das Sich-Selbst-Fremdsein. Der Bassa Selim ..."

Plötzlich halte ich inne. Florian sieht mich irritiert an, und wir scheinen beide an dasselbe zu denken. Wir drehen uns um, blicken bloß in einen leeren Raum.

Niemand hinter uns. Nur der Barkeeper ist zu sehen, der gerade Gläser spült.

„Hast du auch gedacht ...?", fragt Florian.

„Ja", sage ich.

Wir müssen beide lachen.

Wolf Eismann

Baumstämme im Schnee

Roman; Paperback; 166 Seiten; ISBN-13: 9783755766773
Verlag: Books on Demand; 8,00 €

Wolf Eismann
Baumstämme
im Schnee

Der Erzähler hat mit seinem Lebensgefährten Simon
die Großstadt hinter sich gelassen, um auf dem Land
mit Freundin Hannah ein Kulturhaus zu leiten. Sie organisieren Ausstellungen, buchen Abende mit Kabarett
oder Kammermusik und inszenieren auch mal selbst
kleine Theater-Events. Bei der örtlichen Presse stoßen
sie auf Desinteresse, dem durchaus interessierten Publikum sind die kulturellen Angebote oft ein wenig zu
avantgardistisch, und die Künstler sorgen mit ihren Al-
lüren dafür, dass es nie langweilig wird. Simon, der
nur widerwillig das Großstadtleben hinter sich gelassen hat, wähnt sich auf dem Abstellgleis. Hannah verliebt sich in einen jungen Cellisten und wittert ihre
Chance auf die große weite Welt. Die Kultur hat es in
der Provinz nicht leicht ...